· 全民微阅读系列 ·

流泪的花生米

韦如辉　著

江西高校出版社

图书在版编目（CIP）数据

流泪的花生米 / 韦如辉著 . — 南昌：江西高校出版社，2017.1（2021.1重印）

（全民微阅读系列）

ISBN 978-7-5493-5052-0

Ⅰ. ①流… Ⅱ. ①韦… Ⅲ. ①小小说—小说集—中国—当代 Ⅳ. ① I247.82

中国版本图书馆 CIP 数据核字（2017）第 017556 号

出 版 发 行	江西高校出版社
社 址	江西省南昌市洪都北大道 96 号
总编室电话	（0791）88504319
销 售 电 话	（0791）88592590
网 址	www.juacp.com
印 刷	永清县晔盛亚胶印有限公司
经 销	全国新华书店
开 本	700mm × 1000mm 1/16
印 张	14
字 数	160 千字
版 次	2017 年 1 月第 1 版 2021 年 1 月第 2 次印刷
书 号	ISBN 978-7-5493-5052-0
定 价	45.00 元

赣版权登字 -07-2017-62

目录

1

第二辑　尊严无敌 / 74

第三辑　成长烦恼 / 107

第一辑　亲情无涯

　　导读：亲情是文学作品永恒的主题，也是抒发情感永远不变的旋律。在漫长的人生旅途中，丰富多彩的生活素材，为文学创作提供了不竭动力，在微型小说艺术的舞台上，演绎着无数相同或相似的悲欢离合故事，激励着人们的心灵向上向善向美。作品中的大丑，恰恰正是大美。情节上的先抑后扬，大丑为大美作了非常完美的铺垫。以"父亲"和"我"为人物的情感交织，在此章节表现得尤为突出。

检测亲情

　　梗概：儿子请求父亲进山自有目的，"玩失踪"竟然是他自编自导的情感剧。智慧的儿子通过在山里的突然失踪，检测到了父亲和妈妈以及自己之间存在的人间真情。

流泪的花生米

儿子央求父亲，带他进山。因为老师布置了一篇作文，他想写山。不进山，怎么了解山？又怎么写好山呢？

儿子的要求是正当的，理由也相当充分。尽管父亲平时工作很忙，但对于一个勤于好学的儿子来说，父亲毫不犹豫地答应了。

周末，父亲真的带儿子进了山。

正是初秋季节，山林茂密，山花烂漫。山路蜿蜒曲折，峰回路转。阳光从山头上泻下来，山风从峡谷中吹过来。儿子高兴极了，像山林里一只快活的小鸟。

儿子对山是陌生的，陌生自然会产生新奇。儿子一会儿问这，一会儿问那。父亲倾其所能，耐心地回答儿子的问题。儿子怕脑子不好使，拿出随身带的纸笔，认真细致做笔记。

父亲很高兴，脸上始终荡漾着无尽的笑容。有这样的儿子，做父亲的自然是喜不自胜。

父子俩在山里度过一个上午和一个下午。时间之于兴趣而言，总是十分短暂的。山里的天气变化无常，刚才还阳光普照，临近傍晚，却阴云密布，空气中飘荡着零零星星的雨丝儿。

父亲催促儿子，赶快下山。如果不在天黑之前赶到山下，麻烦可就大了。

但一转身，儿子不见了。父亲有点儿迷惑，儿子刚才还不知疲倦地叫着，却突然没有了声音，又突然没有了影子。山上的乌云一块块压下来，仿佛即将倒下来的山体一样。

父亲忙喊儿子的名字，儿子没有应声，只有山风在一阵紧似一阵地呜咽。

父亲有点儿急了。父亲倒回来，边往回走，边大声呼唤着儿子的名字。

儿子的名字在山谷中回荡，父亲的声音随风极力游走。

远处传来几声野兽的嗥叫。父亲知道，自己的喊叫会招来狼。一想到狼这个字，父亲害怕了。在山中，狼是人类最可怕的动物。

天空完全暗下来，周围除了黑暗，还是无尽的黑暗。

父亲停止了呼唤，凭着感觉在黑暗中摸索。父亲想尽快摸到儿子，甚至不放过每一块石头。父亲的手掌摸到一块冰冷的石头，又一块冰冷的石头，然而就是没有儿子温热的身体。

父亲曾掏出打火机，打火机也是父亲随身携带的可以照明的唯一工具。但山风一吹，孱弱的火苗就灭了。只一会儿，打火机里的液体就燃尽了。黑暗的周遭被瞬间撕下一个口子，复又陷入周遭的黑暗。

父亲耗尽身体全部的气力，摸到的还是一块块冰冷的石头。父亲彻底绝望了。父亲想，儿子八成是掉进了山崖。

彻底绝望的父亲，思想上作了激烈的斗争，待摸到山崖边，父亲就会悄无声息地跳下去。

儿子在身后突然喊，爸，我在这儿。

父子俩抱成一团，哭泣声也滚成一团。

父亲说，儿子，你在哪儿？

儿子说，我就在你的身后啊。儿子仿佛没事儿似的，一点儿也不理解父亲的焦急。

父亲说，儿啊，找不到你，我就要跳悬崖了。

儿子已不再作声，周遭只有山风在呼呼作响。儿子已经泪流满面，儿子的呜咽声被呼呼的山风吞没了。

儿子的思绪回到几天前的一天。那天，妈妈泪流满面。妈妈哭着对儿子说，爸爸不爱我们了，爸爸在外面另有新欢。开始，儿子还有点儿将信将疑。现在，儿子深信，父亲不会不要他们的。因为，父亲还深爱着他们。儿子想，下山后的第一件事儿，就是亲口对妈妈说那句话儿。

父亲已经顺利通过了自己的亲情检测。

儿子对妈妈说了自己在山里亲身经历的那段事儿。

妈妈愕然。妈妈想对儿子说出真相，妈妈想说自己想演好一个角色，所以才对儿子说了那段戏里的话儿。妈妈没有别的意思，妈妈只是一个敬业的演员，妈妈只是想演好那出戏。

妈妈没说，妈妈只泪流满面。

宝 儿

梗概：一只被老两口起名叫宝儿的小狗，给退休的他们带来无限的乐趣。而他们与小狗之间的种种快乐，却给儿子媳妇平添几多酸味。宝儿的最终离去，将家庭的辛酸冷暖跃然纸上。

老两口都退了休，闲着无事。

乡下的侄子来，抱了一条小狗。侄子要举家外出打工，小狗无处安身，便想起二老。

小狗脏兮兮的，一身白毛灰不溜秋的，沾有草屑。且瘦，皮包骨。眼睛陷进眼眶里，无神。

　　侄子走后，老两口便烧热水，给小狗洗了澡。老太太还从箱子底下找出一串铃铛，孙子小时候玩过的，挂在小狗的脖子上。稍有精神的小狗，在老两口跟前一步一颠，铃铛叮当有声，屋子里便多了一丝生气。

　　老头子特地买来大骨头，炖了。老两口吃肉，让小狗啃骨头。小狗吃骨头的馋相啊，逗得老两口眼泪都笑出来了。

　　有一天，老太太说，得给小狗起个名，总不能小狗长小狗短地叫吧，多土气！老两口合计过来合计过去，总觉得不妥。最后，还是老头子的意见占了上风。老头子起的名叫宝儿。因为侄子叫小宝，小狗又是侄子送来的，就叫宝儿。老太太同意了。

　　可是，小狗没有同意。一喊宝儿，小狗不理不睬。老太太说，得训，让它知道自己是谁。老头子就准备了二斤火腿肠和一根木棍。老头子喊宝儿，小狗闻到火腿肠的味儿，便过来了。老头子并不急于给它吃，而是待小狗跑近，把火腿肠高高举起。有时候，小狗不听唤，就用小木棍敲一下。一来二往，叫了声宝儿，小狗先愣愣神，过后就乐颠颠地跑过来了。

　　老两口出门锻炼，临走时交代宝儿。宝儿，好好在家待着，回头给你买些好吃的。宝儿摆了摆尾巴，一路叮当地跑到沙发底下。看到宝儿如此乖巧，老两口高兴得不得了，走路的脚步仿佛风推着似的。

　　有一次，老两口出去的时间稍长一会儿。宝儿在屋里实在憋不住，屙了一泡尿。老头子气得拿起小木棍，老太太在旁边劝，宝儿从乡下来，还不太懂规矩，告诉它不就行了吗？如果再犯，再打也不迟。听老太太这么一说，老头子的手软了下来。

流泪的花生米

再出门的时候，老两口就带上宝儿。老两口不慌不忙地走，宝儿叮当叮当的在前后撒欢。有时跑得快了，把老两口撇在后头，就折回头来跑，跑过了，再折回头。老太太喊，宝儿，注意汽车！大路上的车多，可没长眼睛。

宝儿成了老两口生活的一部分。自从有了宝儿，老两口的胃口似乎好了起来。过去做一点菜都会剩下。现在老两口每天都弄两个菜，能吃多少就吃多少，加上宝儿的消费，居然顿顿不剩，下一顿吃的都是新菜。

宝儿有一天病了，没精神，流鼻涕。老太太说，坏了，洗澡没给宝儿擦干净，出门伤了风，可能是感冒了。老头子正忙着看晨报，听老太太一说，觉得也是，宝儿不想走路，叮叮当当的声音没了。老头子放下一条新闻没看完，就取下老花镜，抱起宝儿去医院。宝儿那次感冒，既打针又吃药，花去一百多块。老头子并不心疼钱，老头子还对老太太说，医生说了，再晚了，病毒感染，宝儿就怕没命了。幸亏发现的及时，治疗的及时啊。宝儿病好了的那天，老头子早早就去了菜市场，买来一大包鸡啊鱼啊的。老头子自言自语，得给宝儿加点餐了。

老头子的同学来孙子，在酒店里办喜宴，邀请老两口去，老两口带上了宝儿。坐桌的时候，还闹个笑话。宝儿坐在上座那个位置就是不下来，任老头老太太怎么劝都不听。老头子生气了，要开打。一帮老头老太太都劝他，跟小狗一般见识干吗，坐就坐呗。

宝儿的事儿，最终传到儿子儿媳妇耳朵眼里。儿媳妇阴沉着脸，当初带旺旺的时候，也没那么带劲！旺旺是老头老太太的孙子，在外地贵族学校上学。儿子不吭声，只把嘴里的黄瓜嚼得风生水起。

年前，乡下的侄子打工回来，进城给二老送年礼。

临走，要带走宝儿。老两口跟侄子商议，让宝儿留下来。侄子一脸阴沉，说什么也不答应。

父亲的毛驴车生涯

梗概：作品以日记的方式，通过一件件小事，将"父亲"与毛驴车连接起来。在穷苦的日子里，"父亲"以苦为乐，毛驴车增强了其生活的信心。而福兮祸兮，世事无法预料。

3 月 28 日，晴转阴。

母亲在院子里打扫卫生，收拾翻晒的衣物。

院子门突然被撞开，父亲兴冲冲地闯进来，高喊一声，找着活了。

父亲的这一嗓子，犹如平地一声闷雷，把母亲手中的衣物惊得槐花似地散落一地。

惊魂未定的母亲，还是不无惊喜地问，啥活？

毛驴车。父亲有一搭没一搭地回答。然后点上一颗粗大的糙纸卷烟，悠然自得地吸一口。渐渐升腾的烟雾，朦胧着他充满幸福的眼睛。

啥毛驴车？母亲一头雾水。

父亲讪笑，好像答题不完整的孩子。噢，就是赶毛驴车，给工地上送沙子。

找着这活儿，多亏王文武。王文武是我远房表叔，在县城的建筑公司带工。

王文武一直是我们家值得骄傲的一门亲戚，父亲经

流泪的花生米

常念叨着他，并且一再提起他的小时候。王文武小时候就没有了爹娘，是靠亲戚朋友和老少爷们救济长大的。那时，我爷爷的日子过得还好，便长年累月地接济他。但是，后来王文武出去闯荡，在建筑公司混得十分不错。而我们的家境由于爷爷的猝死和奶奶的体弱多病日渐衰落。

记得每年的正月，王文武都衣着光鲜地来到我爷爷坟上，郑重其事地磕上三个响头。每次王文武来，父亲母亲忙得像陀螺似地，不是割肉就是打酒。乡亲们会很羡慕地问父亲，老表来了？父亲也会激动万分地说，老表来了！

父亲出村的那一天，是一个阴云密布的天气。久旱的庄稼，的确需要一场及时雨了。父亲已等不及这场及时雨的到来，便赶着毛驴车出村了。毛驴的蹄子，踏在硬硬的泥地上，嗒嗒嗒地响。整个沉睡且了无生机的村庄，被驴蹄子的声音弄得尤其鲜活。父亲还兴奋地甩起响鞭，像与村庄的告别认真地打个招呼。

整个夏天，几乎没有一场像样的雨。庄稼地里咧开了嘴，庄稼叶子像一只只无力的手。母亲不止一次地站在村东头的高岗上，眺望县城的方向。母亲想从天边飘过来的朵朵浮云里，得到那么一丁点儿父亲的消息。

农历年二十八，多云。

村口突然炸起一串响鞭，而后是毛驴蹄子欢快的嗒嗒声。母亲甩掉满怀的柴草，急不可耐地打开院门，迎接父亲的到来。

父亲跳下驴车，边往门前的槐树上拴毛驴，边深情地看着小跑过来的母亲。父亲说，我回来了。父亲把我回来了四个字咬得很重，好像一个凯旋的将军。父亲买来了好多年货，还给母亲和我各买了一套叫涂卡布料的新衣服。母亲嗔怪，不会省着点。眼睛里却闪烁着金子般的东西。

那个年，我们过得有滋有味，就像嘴里嚼着的饺子。父亲边吃饺子，边向前来家串门的乡亲们，饶有兴趣且不知倦怠地介绍他的毛驴车生涯。母亲则把一碗肉馅饺子倒进驴槽，也让这位功不可没的畜生分享我们家的幸福日子。

2月26日，晴天。

过了年，父亲赶上他的毛驴车，去了县城。临走，父亲满怀信心地对母亲说，过两年，把房子推倒，重盖。

过了两年，正如父亲所言，在一个风和日丽的初春日子，我们家的茅草房在众人的号子声中轰然倒塌。随之竖起来的，是三间青砖灰瓦的大瓦房。大瓦房在村子里十分扎眼，如同一只丹顶鹤立在鸡群之中。

我上五年级，正在升初中的关键时刻，媒人上门，给我说媳妇。母亲虽然高兴，但不敢强当家。母亲说，等他爹回来再说吧。

7月28日，阴天。

表叔王文武慌里慌张地从县城奔来，一把把母亲扯到里屋，悄声说了句，坏了。母亲的哭声，就像杀猪似地惨叫。随后，天空飘下毛毛细雨。

父亲是在当天连人带车钻到大货车底下的。为了赶活，一天一夜没休息，驴惊驾。

责任在父亲，没赔着钱。

父亲那年33岁，和我今年同龄。

父亲的工人梦

梗概：人生孰能无梦？"父亲"亦有梦。"父亲"的梦普通平常，就是想当一名铁路工人。现实无情，"父亲"没能继续自己的梦，却时时生活在梦里。

爷爷走后不到半年，奶奶的左眼瞎了。

父亲八岁，正在院子里玩。奶奶一揉再揉自己的左眼，却看不清眼前的世界。奶奶把父亲叫过来，蹲在儿子的面前：娃啊，帮妈妈吹吹眼。父亲认真地吹着奶奶的眼，脸蛋儿鼓得圆圆的，如雨后池塘中憋足劲儿叫的蛤蟆。但无论父亲怎样卖力吹，奶奶那只曾经美丽的大眼睛什么也看不见了。

奶奶十分生气地跺着脚，对东南方向厉声说，挨千刀的，走就走了，蒙老娘的眼睛算什么本事。东南那块油菜地里，有一座爷爷的孤坟。

爷爷走后父亲便是这个家唯一的男人。奶奶颤抖的手抚摸着他满是草屑的头，喃喃自语：娘的顶梁柱啊。父亲不懂什么叫顶梁柱，问顶梁柱是干什么用的？能打狗吗？能撑天吗？奶奶深陷的眼窝里蓄满白花花的珠子。

父亲学会了挑水。不过，父亲的水桶跟人家的不一样。人家的水桶是木头做的，很大。且上了桐油，锃光发亮的。上了肩，扁担一闪一闪的。走起路来，有一种雄起起气昂昂的魄力。父亲的肩上，是两只很小的油漆盒子。盒子是做木匠的二叔送的，并特别交代奶奶和父亲要小心用，千万别弄丢了，也别弄坏了。那两只珍贵的盒子，还是二叔给镇上的毛队长漆门时藏下的。冬天，寒风刺骨，父亲挑着两只盒子，盒子里的水溅到光身裸背的父亲身上，有一种刀割斧凿般的疼痛。

父亲还学会了锄地。一开始，父亲握不住锄杠，把刚泛青的豆苗锄掉了。在那个饥寒交迫的年代，豆苗可是人的命根子啊。奶奶心疼得跳起来，用锄杠没头没脑地打了父亲。父亲不跑。父亲越跑，奶奶打得越厉害。

奶奶的脾气如入冬的天气越来越坏，对生活仿佛绝望透顶。奶奶找队长吵，找队长闹。甚至为了一两句闲言碎语，与乡亲们闹得脸红脖子粗的。因此，奶奶的人缘极差。跟奶奶吵过架的女人便咒她，早一天晚一天右眼也得瞎。奶奶更加的理不饶人，她会绑个草人，在人家门前骂上三天三夜，直到女人讨饶装孬为止。然而，尽管如此，每到救济粮指标下来的时候，队长会照例把半袋小麦或一小麻包红芋干子送过来。队长还讨好地说，三婶子，有什么困难，还跟我说啊。那时的奶奶苦笑着夸队长好，队长为了自己全年生活的安宁，也会冲奶奶皮笑肉不笑一番。

奶奶的泼是出了名的。父亲在村子里受了孩子的气，不论是不是父亲的理儿，奶奶断然是不会答应的。奶奶找上人家的门，直到人家赔起笑脸。吃了亏的人家劝走奶奶之后，也会自己劝自己，寡妇熬儿不容易，别跟瞎子一般见识！

父亲十六岁那年，好像上了底肥的玉米秸儿，忽然长得又高又大。父亲的脸，黑。皮肤，糙。喉结儿，在脖子上滚来滚去。嗓门儿，闷声闷气的，说起话来，如一块石头砸在淘草缸上。

流泪的花生米

正好铁路部门来村里招工，父亲就去了。

奶奶拐棍戳地，对着父亲的背影骂：鳖羔子，好歹死在外边，永远不要回来！

工地在芜湖。父亲说，那是一个很大的地方。大到什么样呢？父亲思考了一会儿才说，人山人海，一眼望不到边啊。父亲在工地上抬石子，两个人一个大箩筐。沉，上了肩，脚下轻飘飘的，不扎根似的。枣木扁担，头尖，嵌到骨头上，钻心地疼。和父亲搭肩的叫刘开远，定远人，个大。起肩的时候，刘开远让父亲在前，然后把缆绳往自己一边捋了捋。现在，父亲仍念念不忘刘开远。父亲说，好人呐，承人家的情呢。我们问，刘开远呢？父亲摇摇头，十分遗憾的样子。

在铁路上干了一年多，父亲的力气也长大了。父亲会学刘开远的样子，对新来的工人照顾有加。父亲的表现很好，工段长曾找他谈心，说要好好干，将来有机会转正。转了正，就是国家正式工人，就吃商品粮。父亲干得更加带劲，总盼着那一天早日来临。父亲心想，等转了正，将老娘接走，也让她享受人间的幸福。

这理想的一天还没到来，家乡托人就捎来口信：奶奶的右眼瞎了。

父亲又回到淮北平原上那个贫穷的村庄。

父亲待在贫穷的村庄里，直到奶奶在世上最后的日子也没有离开过。奶奶临走的时候，似乎特别善解人意。她断断续续地唠叨，没有法儿的事，只是对不起乡亲们，若不是撒泼耍赖，也许没有姓王的这门人家。

父亲经常提起刘开远，说起这个人的好。父亲有时会问自己，刘开远在哪儿呢？而后，一往情深地望着芜湖的方向。最后而且最好的判断，刘开远留在了铁路上，至于在不在芜湖就不好说了。可能在上海，也可能在武汉。总之，刘开远成了正儿八经的铁路工人，而且住在大城市里。

每当父亲说起这件事儿，我们就打趣他。爸，您老要不是心里装着奶奶，也该住在大城市里了吧！也该是正儿八经的铁路工人了吧！

父亲凝重的脸上，忽然开出无数朵细碎的花儿。父亲用食指点着我们三个说，我要在城里，哪有你们这群鳖羔子。

我们就会笑起来，父亲也跟着笑起来。

父亲的账本

梗概："父亲"的账本很特别，记录的竟是为"我"从小到大的花费，"我"十分不理解，曾经无比厌恶。长大后，"我"终于明白了。

父亲有一个神秘的账本，白底红格的信纸装订，黄色牛皮纸粘贴的封皮。封皮上大大粗粗地写上两个黑字：账本。

里面记的是什么内容？我不知道。父亲宝贝似的锁在属于自己的木箱子里，钥匙挂在自己裤腰带上，走着坐着都随身带着。偶尔用他的那串钥匙开门，他尤其警惕，用完了必须马上归还，否则他就会河东狮吼。那个账本，别人是看不到的。尽管我是他的儿子，但这个别人里面也包括我。

流泪的花生米

　　母亲说，小气！母亲说这句话的时候，声音怯怯的，轻悄得像自然落地的树叶儿。而且母亲的表情怪怪的，目送父亲远去的背影翻白眼。

　　夏季的雨说来就来，暴雨似倾盆。只一阵风，天地间便连成千千万万条串串的白。场上晒着刚从地里抢回来的麦粒儿。这一场突如其来的暴雨，将父亲和母亲春夏两个季节的血汗无情地卷进涡河。没有了麦粒儿，全家人的细腰不知又要细去多少圈。父亲在赶集回家的路上，同样的暴雨也将他汗臭冲天的身体反复冲刷。老天爷如同一个洁癖患者，不厌其烦地漂洗一件肮脏的衣服。

　　母亲的哭声在雷声和雨声交织的激情乐曲中显得十分弱小，甚至不及黎明前一声杂乱的鸡叫。

　　父亲痛打母亲。父亲铁青的脸庞阴云密布，仿佛雨前的天空落在他的脸上。青筋暴露的拳头似一对苍劲有力的铁锤，把从泥水里爬起来的母亲一次次轻易放倒。左邻右舍出来拉架，父亲的拳头似乎比之前更加威力无敌。

　　母亲哭了一天一夜。母亲边哭边独自诉说着暴雨的突然和女人的无奈。母亲哀号的腔调，如家乡泗洲戏中的一段悲剧，母亲将那段悲剧演绎得惟妙惟肖无与伦比。黎明时分，母亲哭声小下来，沙哑的腔调没有防备地提到那个神秘的账本。母亲断断续续地说，小气……呐，连自己儿子花的……钱，都记在……账上。父亲蹲在散发着草屑和粪臭味的牛屋里吸闷烟，突然吼叫一声，撕烂你的嘴！

　　父亲的小气是远近闻名的。父亲从村头买了二斤水豆腐，挤了水分后竟找上门说人家不给够称。上集到粮行卖粮食，为二两去皮的小事，与行头争吵了三个多小时。毒辣的太阳下，在地边捡麦粒儿中了暑，花去二千块钱的药费。村里的歪嘴三爷说起父亲的故事，三天三夜都不重样。当然，父亲对母亲的苛刻也毫不逊色。吃饭的时候，母亲盛了回头碗，父亲的眼球瞪得跟牛似的。母亲剥洋葱，多去一层壳，父亲骂母亲成事不足败事有余。甚至洗衣服时，母亲多用一桶水，父亲都会鬼哭狼嚎一番。

父亲没有撕烂母亲的嘴，母亲依然在诉说着父亲的小气。母亲经常唠叨，小气啊，连给儿子花的钱都记账上，小人！母亲把父亲上升到小人的高度，显然是对父亲的严重不满和强烈抗议。

我开始记恨父亲。我觉得他不是一个真正的父亲。如果他是真正的父亲，怎么会将我的学费也记在账上？以后会让我还吗？算不算利息？我甚至怀疑我不是他亲生的，或者是从别人那里要的，再或者是从路边捡来的。我问过母亲，母亲没搭腔，只用粗糙的冻手摸一摸我的额头。

离开家到外地上学，我发誓绝不给父亲写信。父亲的来信几乎每月一封，但我都会划燃一根火柴，目睹父亲的言辞慢慢化为灰烬。我宁愿挨饿，从不张口向父亲要钱。我怕他会如数记在账上，又怕将来我一旦没有钱又怎么还他。我只给母亲写信，只问母亲要钱。我知道母亲不识字，信是父亲读的写的，钱也是他出的。因为父亲掌管着家里的一切，他不会放权给母亲。我固执地以为我只欠母亲的钱，不欠他的钱。

过年的时候，母亲悄悄跟我说，他也不容易，谁叫咱们家穷呢。母亲还说，他比过去强多了，有一次还为打我那一回说了声对不起哩。望着菊花似的笑容开在母

流泪的花生米

亲脸上，我想母亲是一个太容易满足的人。

大三那学期的秋天，母亲来信说，父亲想来学校里看看，我仍然毫不犹豫地拒绝了。

参加工作娶妻生子后，母亲经常说起父亲的变化，我才与父亲的关系有所缓和。父亲毕竟是个农民，一辈子土里刨食不容易。他能让我坚持读书，脱离祖祖辈辈蜗居的村庄，已是明智之举。逢年过节，我给母亲添置新衣服的同时，偶尔也会给他弄一件。父亲很高兴，穿着新衣服村前村后跑，专往人堆里钻。

父亲的账本，仍然是压在我心头的一块砖。父亲的账本里到底记的是什么呢？有一天趁着酒兴，我向父亲提起这件事儿。父亲龇牙咧嘴，装作喝酒痛苦的样子，仿佛我的问题与他无关。

救护车将父亲拉进医院，出来时他已经半瘫。他的下半身不能自主活动，只能靠铁制的轮椅出来进去。医生嘱咐，一定要让老人多晒晒太阳。晴天的时候，母亲会将他推到广场上，或院子的空地里，静静地让他享受阳光的温暖。

有一天，阳光下的父亲卧在轮椅上睡了，褶皱的脸庞挂满幸福的笑容。脚下，从他的怀里滑落一个黄中带灰的牛皮账本。

我偷偷翻了翻，上面有这么几段记录：1986年4月3日，买书包1块五，儿子高兴极了，蹦蹦跳跳地跑向学校；1993年6月23日，上集卖一袋麦子，给儿子寄去生活费40元；1999年8月19日，儿子大学通知书到了，花120元买一桌菜，请左邻右舍在一块高兴高兴……

父亲记得十分详细，像小学生做作业一样认真，一笔一画，工工整整。尽管父亲的字写得很差，但我从小到大的生活场景在字里行间跳动，如放幻灯片似的历历在目。

我的眼眶里塞满无比坚硬的东西。

父亲说了句梦话，我急忙将账本悄悄丢到他的脚下。

父亲一年没进澡堂洗过澡了，该让他老人家好好地在热水里泡一泡。我对着灿烂的天空认真地想。

父子的母校

梗概："父亲"鼓吹并炫耀自己的母校，而他从没上过学，是个文盲。当"我"成为"父亲"所谓母校的一员，"我"才真正体会到"父亲"的良苦用心。

父亲对儿子说起他的母校，腮边的胡茬儿都飞快地跳起舞。

父亲说，那操场，那教学楼，那梧桐树。父亲放下手中的锄头，夸张地打开自己的双臂，语无伦次地说，那家伙，那个大啊！那个高啊！那个美啊！

儿子的思想，随着父亲夸张的动作，鸽子一样地飞向远方。

父亲放下双臂，风摆树叶似的抖着右手在说，还有那教室，那家伙，窗明几净。父亲从嘴里喷发的唾沫和浓重的烟草味，在阳光下的田野肆无忌惮地游走。

儿子屏住呼吸，全神贯注地看完父亲一连串的表演，最后才语气稚嫩地问，爸，你的母校真的那么好吗？儿子不是不相信父亲的话儿，实在是儿子没见过被父亲夸

流泪的花生米

奖得如此美好的学校。

父亲似乎不高兴，一脸愠色地拨弄了一下儿子的脑袋。儿子的脑袋，弹簧似地晃了晃。父亲语气凝重地说，你小子，我说得还能有假！

儿子的梦里，就有了父亲的母校。有了那操场，那教室，那高楼，那梧桐树。

父亲从村外一步三摇地走来，背上压着山一样大捆的柴草。眼看就要入冬了，父亲必须用这些柴草，认真地对付这个即将到来的寒冷冬天。

儿子似乎很有眼色，每当喘着粗气的父亲将要蹲下放掉柴草的时候，儿子都会从柴草的底下扶上一把。儿子这一把的力气尽管很弱小，但的确能够减少父亲身体弯曲的痛苦。

父亲夸，好儿子！

儿子笑了笑，两颗俏皮的虎牙闪动在父亲的眼前。

有一天，儿子扶下父亲背上的最后一捆柴草。儿子请求，爸，带我去看一看你的母校好吗？

对于儿子的请求，父亲觉得既在意料之外，又在意料之中。父亲认真地吐一口烟雾，才对儿子说，真想去？

儿子努力地点了点头。嘴里坚定地说，想！

第二天，田地里的浓雾还没有淡下来的时候，父子俩就上路了。

父亲边走边对儿子说，我的母校在县城，离咱家可远了。得翻过两条河，再坐三个钟头的车才能到达啊。父亲说到最后一个啊字，诗人般抒发出一串长音。

儿子想说，爸，别说了，您已经说过无数遍了。然而，儿子没有说，儿子怕父亲不高兴，怕父亲改变主意，怕父亲不带自己去他美丽的母校。

风吹到脸上，夹杂雾气的潮湿，多少有点儿刺骨的味道。但儿子身上很快淌了汗，而且额上的汗珠儿已如小虫子似地爬来爬去。

父亲转过身来问，累吗？爸驮你一会儿。

儿子咬紧牙关说，不要！然后把胸脯挺得树一样直。

临近中午的时候，父子俩几经周折才到了县城。

县城真是个好地方，儿子从来没去过县城，儿子的好奇心被极大地调动。儿子从心底里羡慕父亲，父亲是个了不起的人物，他的母校能在县城，他能在这县城里读书，父亲真是个了不起的人物。

走到一块开阔地，父亲异常兴奋，眼睛里放射出万丈光芒。父亲说，看，这块，就是母校的操场，那家伙。父亲的语气里，跳动着数以万计个惊喜的细胞。

儿子满眼惊奇，眼神随着操场的开阔地而延伸而翻腾而跳跃。

父亲用手一指，看，那个四层楼，就是我们的教室哩。我的班在三楼，最东头的那个门，看见了没有？

儿子当然看到了。儿子的眼睛里是一座巍然屹立的高楼。儿子心想，什么时候自己能到那教室里读一天的书？哪怕是一天也就心满意足了！

父亲嘴里还在说，信不信？那家伙！

从县城回来，儿子整夜做梦。儿子的梦，当然都与父亲的母校有关。

后来，儿子真到县城读书。父亲对儿子说，你读书的那个学校，就是我的母校，那家伙！

再后来，儿子考上了大学，儿子成了城里人。

儿子什么都搞清楚了。父亲没上过一天的学，父亲

流泪的花生米

在城里根本就没有什么母校。父亲心里装的那几个字，还是从扫盲班拾来的。

那么父亲为什么称自己在城里有母校呢？为什么又把体委大厦和体委操场指鹿为马呢？儿子当然清楚，儿子清楚得眼睛里蓄满了泪花。

壮 壮

梗概：壮壮是"母亲"喂养的一条狗，"母亲"几乎倾注了全部的心血，呵护那条狗。"我"觉得很怪。后来，才知道壮壮是死去"父亲"的乳名。个中情感，令人感动。

母亲要到妹妹家过一个冬天。临走，母亲跟我商量，带上壮壮吧。

我没同意。虽然妹妹居住的城市四季如春，气候宜人，但是对于过惯了北方生活的我们，也许不太适应呢。况且，妹妹那里离我们这儿远隔千山万水。坐了汽车上火车，下了火车上汽车，来来回回需要奔波一天一夜。壮壮能受得了？万一水土不服得了病，岂不让您老人家着急？

母亲最终采纳了我的建议。走进熙熙攘攘的车站，母亲眼眶里塞满委曲求全的泪花，一步三回头地望着送她的我和壮壮。在售票员的一再催促下，才恋恋不舍登上南上的班车。车子启动的那一刻，母亲大惊小怪地从玻璃窗口扔下一团纸。仿佛我没看见，她在玻璃里面反复做着让我向下看的动作，俨然一个笨拙的哑剧演员。

打开纸团，上面是母亲给壮壮的食谱：早晨，鸡蛋、油条；中午，骨肉（猪、牛、羊均可）加汤（先咸后淡）；晚上，蛋糕或热馍。后面加一个粗粗大大的注释：不可机械，灵活掌握。

按照母亲的叮嘱，我每日一丝不苟地伺候着壮壮，生怕有什么闪失。

北方的雪说下就下了，连续阴冷的天气让人无比窒息。母亲打来电话，壮壮冷吗？多加一床毛毯，多加热汤。汤最好咸一点儿，必须保持身体的热量消耗。母亲的吩咐如连珠炮似的从南方袭来，不带丝毫商量的余地。我说，您老就放心吧。壮壮的事情，您就不要瞎操心了，照顾好自己就行了。

放下电话，我竟然对壮壮产生无比的嫉妒。思绪如一股强大的电波，让我回到我的少年时代。那时，家家户户过得穷，我家也不例外。不能说吃了上顿没下顿，却是过着吃不饱穿不暖的日子。我十三岁那年的冬天，北风如刀子似的在淮北平原上刮来刮去。由于跟同学们疯玩，身上唯一的一条棉裤被一根树枝扎破一个洞。刀子一样的风从破洞里钻进我的身体，让我颤抖地如树上残存的一片枯叶。母亲非但没有怜悯我，反而用一根槐树擀面杖在我裸露的头上种上一个血疱。小时候，挨母亲的打和骂不在少数。而唯有那个血疱如同罪恶的种子一样种到心里，时时发出不满甚至憎恨的芽来。

那几日，我故意没让壮壮吃饱，也没让壮壮睡好。我不断减少食物的供应量，或者颠倒咸淡的顺序。看到壮壮瘦下一圈的脸庞，我心里暗暗高兴。在壮壮昏昏欲睡的时候，我会把过年没放完的鞭炮放一个。等壮壮睁大眼睛，我幸灾乐祸地吐一个圆圆的烟圈。我的目的很

流泪的花生米

明确，就是也让壮壮尝尝我小时候的滋味。甚至可以延伸一点说，要让母亲对我的残忍转嫁给壮壮一些。

母亲隔三岔五打来电话，问壮壮这壮壮那。我偶尔故意岔开话题，说您老人家在那儿热吗？母亲不接我的话茬儿，说看天气预报了，家里比这里差二十多度呢，别忘了给壮壮加被加汤。

我心想，我应该是壮壮，如果是壮壮该是多么幸福啊！

星期天，晴了，天空如水洗过似的碧蓝。我起个大早去菜场，买了一大袋子鸡鱼肉蛋。我想加加餐，为我自己，也为壮壮。

二叔风风火火地从乡下来。二叔虽然不是我亲叔，但是在乡下老家，没有再比二叔更亲的叔了。前几年，二叔往城里走得勤，这几年不知为什么上门少了，我还以为二叔不愿意跟我们沾亲带故了呢。所以我十分高兴，拿出陈了十年的老酒，执意要跟二叔喝两盅。

喝酒的时候，我夹了一块排骨给壮壮，并自言自语地说，吃吧，乖壮壮，也有你的份儿。

二叔忽然瞪大了眼睛，脸红脖子粗地冲我吼，你说啥？二叔嘴里喷着酒气，眼睛里冒出两团火。

我急忙赔不是，二叔，我哪里说错了？壮壮似乎也对二叔的表现强烈不满，主动加入我的行列，冲二叔汪汪地叫起来。

二叔的怒气仍然没消，将手里的酒杯摔到桌子上，牛似的勾着头说，你怎么叫小狗是壮壮呢？你知道你父亲的小名叫什么吗？

父亲已去世多年，我一直是母亲一手带大的，父亲的小名我怎么会知道呢？

二叔告诉我，父亲的小名就叫壮壮。

我呆若木鸡。那天，我喝醉了。

第二天，我给母亲打电话，说壮壮想您了。我把传声筒递到壮壮嘴边，壮壮汪汪汪地叫个没完没了。

第三天深夜，我家的门铃火烧火燎地响了起来。

瓜田鼾声

梗概："父亲"要求严厉，"我"对他疾恶如仇。鼾声如雷的"父亲"种瓜看瓜，正好给"我"提供了一个报复的机会。"父亲"早知缘故，却懵懂糊涂。恰恰印证了父爱的伟大。

因为那次逃学，因为一个叫王先田的语文老师到我家家访，父亲教训了我。

父亲教训我的手法尤为独出心裁，在中国十大酷刑的记述中断然了无踪迹。父亲首先抓住我的一只手和一条腿，然后一步一个脚印扎扎实实地走到涡河岸边的高台上，对准一个深不可测当地人叫作鬼叉子的河套口，嘴里念着一二三的号子，像甩一个泥袋子一样把我投入河中。当河水冒出一串串硕大鱼泡的时候，父亲反剪双手骂骂咧咧消失在扁担王的槐树林里。

我落水的一声巨响，最早惊动躺在涡河岸边泡桐树荫下的一条狗，也许它正在做一个迷人的梦，却被不识时务的我给惊醒了。它一声尖利的嚎叫，调动了扁担王几乎所有的狗叫。此起彼伏的犬吠，将扁担王那个午睡

流泪的花生米

搅得一塌糊涂。最终，我被烦躁不安的人们救了上来。

我的父亲，苏醒过来的扁担王异口同声地称他是个差劲的男人，他却躲过烦躁不安的那个午后，在东南地里的瓜棚里呼呼大睡。瓜棚里的鼾声，透过一望无际的瓜秧，借助微微南风的力量，挟带着暑热的阳光，一丝一缕地飘到涡河岸边。最后消失在滚滚东逝的涡河水里。

父亲独创的酷刑实在厉害，常常让我心惊胆战。在之后的时光里，我加倍努力刻苦学习，成绩直线上升。但我仍然决心报复父亲。

我把那把用了一年的镰刀磨得寒光闪闪，逼人的刀光中融合我复仇的目光。曾经，我将路边的野枣树当作父亲，甩动寒光闪闪的镰刀，树头和树干身首两地。曾经，我也将一个在脚下疯跑的蚂蚁当作父亲，对着蚂蚁的身影，镰刀的刀尖雨点般落下，蚂蚁苟延残喘地葬身刀下。也曾经，我偷偷尾随一条黑狗，瞅准机会箭一般射出镰刀，黑狗鲜血淋漓落荒而逃。我得意地以为，那就是我的父亲。

我的心理出现严重的问题。但是，除了母亲，没有人知道我有报复父亲的倾向。

我认真地问过母亲，妈，我是不是爸亲生的？我是不是要来的？我是不是拐过来的？我是不是您老人家捡来的？

四个是不是的排比句，令母亲十分愕然。她放大的瞳孔在我脸上反复搜索，没有感到有一点玩笑的蛛丝马迹，又用腾出来的双手在我额上试来试去。她心里一定会说，这孩子，发热了？有病了？

从那一天起，母亲仿佛对我关爱有加。我走到哪里，她跟到哪里，好像我是她手中的一只风筝。

这给我报复我的父亲增加了一定的难度。

我是在那个星夜，又听到父亲鼾声的。天上有几颗星星眨眼，地里有无数虫子歌唱，草尖上落满湿漉漉的露水，整个扁担王都沉入寂静的夜里。父亲的鼾声尤其突出，突出到能从二里开外的瓜棚，传到枣树下无法入眠我的耳朵里。

父亲的鼾声，让我无法入睡。在翻来覆去的折腾中，那个报复计划如一颗流星突然划过我的脑际。

我为我的计划而高兴，而得意，而冷笑。

我怀揣着那把镰刀，悄无声息地潜入父亲的瓜田。那把被我磨得寒光闪闪的镰刀，绝对不失锋利，绝对能够很好地完成我的报复计划，绝对能让父亲一辈子刻骨铭心。父亲的鼾声依然畅快淋漓，他做梦都不会想到，此刻他已经得到应有的报应。

次日中午的阳光十分毒辣，足以让扁担王呼吸短促。母亲的尖叫声悲壮而恐怖，连满地尚未熟透的西瓜都不寒而栗。瓜田里成片成片的西瓜秧已经蔫了，叶子干了枯了，吸足水分的西瓜也开始瘪了。母亲在发现西瓜秧和西瓜出现异常情况下才尖叫的，母亲哭天抹泪，哪个缺德鬼，把你孩子投河里了是不是，干吗将我的西瓜秧连根砍起。

父亲蹲在瓜棚边闷头吸烟，升腾的烟雾笼罩在他爬满汗虫子的脸庞。他没有制止母亲的无理，任由她无边无际毫无遮拦的谩骂和哭诉。

那几天，除了母亲的谩骂，扁担王显得十分平静。

母亲哭肿了双眼，连骂声都带有几分动人的颤音。见我过来劝，她断断续续地说，本来，本来嘛，等收了……瓜，你爸说……好了，给你买……买新书包的……，缺

流泪的花生米

德鬼啊……缺德鬼。

我本来是想让父亲没有烟吸，没有酒喝，甚至让他白白在那块地里摔汗珠子的。没想到，我的新书包也没有了。

父亲由于吸烟过量，后来患上喉癌，喉管作了切除。从此，他活在无声的世界里。

父亲是个文盲，斗大的字不识一升。但他的眼神总是怪怪的，如同一位执着的研究人员。有一次，见他盯住我贴在西墙的奖状，而且一看就是小半天。发现我过来后，才十分诡秘地离开。还有一次，我与两个同学非常激烈地讨论一道几何题，不知不觉天色已晚夜幕降临。穿行在涡河岸边的槐树林，黑暗如一口倒扣的铁锅，伸手不见五指。一条流浪狗突然与我擦身而过，吓得我一颗紧张的心差一点蹦出胸腔。父亲拎着电瓶灯向这边走来，迷蒙游走的灯光里，父亲的目光如同他手中的灯，在那个无比黑暗的夜里温暖地燃烧着。

父亲终于没能够逃脱衰老和病魔的捉拿，在涡河涨水的季节里悄然无声地走了。

母亲欲哭无泪，仿佛她今生今世的眼泪早已流到了涡河里。母亲说，憨儿啊，你是你爸亲生的怎么会有假呢！

那个藏在我心中多年的秘密，此刻像揣着那把锋利的镰刀一样让我心痛。我向母亲忏悔，那年的瓜秧是我干的，我对不起您和父亲。

母亲转怒为乐，你爸早就知道是你捣的鬼，你的回力球鞋，还有鞋上的鲜泥，能瞒住他？他动手术的前一天就告诉我了。

深夜，我独自溜到涡河边，静静倾听潺潺东逝的水声。那美妙自然的音乐，仿佛父亲从瓜田传出来的鼾声。

黑 虎

梗概：黑虎是"娘"的寄托，也是阻碍母子间感情发展的障碍。"娘"到底怎么了？黑虎有如此之大的魅力？作品的结尾，一语道破天机。

自从有了黑虎，娘再不愿意进城。娘说，走不开，家里有黑虎。

那一年冬天，雪花鹅毛似的飘。娘去南地收柴草，再不收恐怕一个冬天都没有干柴了。娘低头捆柴草的时候，发现了躲在垛里瑟瑟发抖的黑虎。黑虎不咬不叫，嘴里呜呜有声，一副可怜兮兮的样子。娘心肠软，顺势将黑虎搂在怀里。

黑虎是只流浪狗。黑黑的卷毛，小小的耳朵，个头不高，四肢短粗，其貌不扬。

娘买油条打鸡蛋，做了一锅"月子饭"。黑虎那个馋相，把娘的眼泪都弄出来了。娘又烧壶开水，给黑虎痛痛快快地洗了个澡。

娘从一见面，心里就叫它黑虎。娘想，这个可怜虫，能像老虎一样威猛就好了。

娘下地，黑虎下地。娘赶集，黑虎赶集。娘走亲戚，黑虎走亲戚。左邻右舍老少爷们好奇，嘴里啧啧夸娘，这老太婆，什么时候长个尾巴？

娘高兴得不知说什么好，黑虎长黑虎短地呼来唤去。黑虎呢，通人性似的，围着娘的脚前脚后，又是蹦又是跳的，从来没有疲惫的时候。娘有时心疼，大喝一声，

流泪的花生米

黑虎，就不能歇一会儿！黑虎一蹦三尺高，仿佛从天上掉下来的肉饼，一跤跌在娘的脚边，两只小小的耳朵天线似地晃来晃去，身体早已贴在地面了。

娘在电话里夸黑虎通人性，是个难得的好畜生。娘还对儿子说，别挑了，该成个家了。

一个周末，儿子带一个姑娘回家。姑娘叫小娟，是环保机械厂的工人。小娟一张圆脸，慈眉善目，朴朴素素，见人就笑，仿佛从来不会生气似的。

娘去东地割韭菜，去西庄买肉，忙里忙外包饺子。

黑虎围着小娟转。一会儿闻闻脚，一会儿舔舔手，尾巴摇得比田里的稻穗还勤。儿子喝黑虎，走远点！黑虎不听，跑到锅屋转一圈，又摇头摆尾地跑回来。小娟喜欢，小娟自言自语，这小东西，蛮通人性的。

临走，娘包一个厚厚的红包，塞到小娟的口袋里。小娟不好意思要，娘说，拿着吧，头一次进门，这是规矩哩。黑虎跳来跳去，一直随娘送小娟出了村口。小娟上了车，黑虎汪汪汪地打招呼，好像在说，下次还来啊。

小娟终于成了儿子的妻子，娘的儿媳妇。办完儿子的婚事，娘匆匆忙忙回到村里。娘惦记着黑虎，黑虎将院门抓得哗啦啦地响。

儿子是大学生，本来就有学问，加上勤奋努力，很快在单位得到提拔重用。当儿子坐上局长宝座的时候，娶了一个如花似玉的新媳妇。

儿子开车接娘，娘不去。娘还是那句话，放心不下黑虎。儿子生娘的气，有好日子不过，跟条狗比荣华富贵强？

春节到了，儿子拎着大包小包，带着新婚夫人去看娘。娘在南地收柴草，黑虎跟着娘去南地收柴草。

儿子对回来的娘说，这是您老的新儿媳，城里生城里长的姑娘。

娘瞪着眼不说话，黑虎先说了话。黑虎冲着新媳妇咬来咬去，汪汪汪地惊动了半条村庄。

新媳妇剥根火腿肠，外加一瓶酸奶，送给黑虎。黑虎不领情，不吃不喝，只是一个劲地叫。新媳妇无奈，气得脚跺硬地啪啪响。

儿子对黑虎吼，去去去，滚远点！娘心里不高兴，脸上涌起阴云。黑虎跑远了又折回来，龇牙咧嘴，一副不依不饶的样子。

儿子再催娘进城，娘还是不愿去。娘仍说，有黑虎，放不下。

儿子渐渐将娘忘了，将自己的村庄忘了。儿子很少回家，也很少打电话，只在城里过花天酒地的生活。

有黑虎的日子，娘过得很开心。

有一天，儿子出事了。

娘前脚走，黑虎后脚跟。娘到了监狱，黑虎也到了监狱。

儿子流泪，娘流泪，黑虎也流泪。

狱警惊奇，第一次见狗流泪。

儿子说，娘啊，黑虎通人性，是个好畜生。

娘说，黑虎就是娘的鼻子娘的眼，不会错。可惜你没听娘的，没听黑虎的。

娘像丢了魂似的，走着坐着不由得想起一个人，黑不溜秋，粗粗壮壮，一根旱烟杆，常年不离口。那人四十年前下的煤窑，再也没上来。娘依稀记得，她在死者王黑虎家属那一栏签上自己的名字时，手抖得比田里的稻穗还厉害。

母亲解梦

梗概：“母亲”对梦有着独特的理解，对梦的解读非常灵验。“母亲”真的是仙人？真能料事如神？若干年后，我们有了全新的解读。“母亲”解的不是梦，而是对美好生活的憧憬。

弟弟每天早晨起床，第一件事就是边用两只小手搓开惺忪的睡眼，边公鸡似的鸣叫两声：妈妈！妈妈！

母亲腰间系着围裙，慌里慌张地从厨房里跑来，往弟弟身上套春夏秋冬的衣服。

弟弟说，我又做梦了。

母亲突然停止给弟弟穿衣，右手的食指竖在嘴唇上，严肃地做个停止的指令。而后将目光投向窗外，或者干脆跑到院子里，极目远眺东方的地平线。若是霞光初现，太阳即将跳出来，母亲才安然地返回屋里，让弟弟梗阻在喉咙里的话说出来。若是阴天下雨，根本不可能见到阳光，母亲想尽千方百计阻止弟弟把话说下去。

弟弟觉得母亲十分诡秘，嘴噘得能挂个油瓶，甚至哭闹踢打。在母亲耐心细致的解释下，弟弟才慢慢理解母亲的良苦用心。如果一连几天见不到阳光，弟弟憋得常常头脸发青，仿佛将要生出一场大病。

有诗曰：有梦不祥，来到西墙，日光一照，百事无妨。母亲边用这首通俗易懂的打油诗教导弟弟，边一一列举自古至今的一些与人有碍的典型事例警示弟弟，说某某太阳没出来说梦，舌头烂了。说某某犯了戒，掉在河里上不来了。在母亲的嘴里，有大量的事实可以证明，足以让弟弟头脸发青。至于母亲说的那首诗和那些事例，有多少科学依据，无人考证。

那时并不知道，偏偏爱做梦的弟弟患的是一种病。每当弟弟说做梦了，我会很厌恶地瞪他数眼，并且恶狠狠地说，梦屁精！

母亲护着弟弟，说老大，你懂什么？古人云，日有所思，夜有所梦。

母亲仍以训诫的口气说，老大，你还别不信，那天老二梦着鸡咯嗒咯嗒地叫，我在鸡窝里就拾到了蛋。还有一天，老二梦到捡到五块钱，结果我的钱包找不着了。老大，你知道钱包里有多少钱吗？五十块啊，心口痛死了。

我无法理解母亲的解释，说明明梦见捡到钱，为什么又丢钱呢？

母亲的语气瞬间软下来，老大，你还小，不懂，有时候的梦是反的。

反正我不太信，而且已经读了几年的书，觉得弟弟无知不可怕，可怕的是母亲也跟着无知。

其后弟弟的一个梦，让我信了，甚至感到十分巨大的可怕，像孤魂野鬼一样游走在我们家里。

弟弟憋了几天才说出自己的一个梦。弟弟梦见父亲骑着高头大马披红戴花，娶妻纳妾哩。

母亲那几天尤其郁闷，即使温暖的阳光明媚的照耀，也融化不了她冰冻三尺的脸色。

父亲终于从他行走自如了十一年的脚手架上摔下来，折了一条腿。

弟弟再说做梦的时候，紧张的她如临大敌。

流泪的花生米

那件事之后，弟弟似乎长大了，懂事了，轻易不对母亲说又做梦了。可是一看到弟弟头脸发青，知道他做梦了，只是他刻意将那梦像捆一只疯狗一样，捆在自己的肚子里折腾，不叫它跑出来而已。

有一天，弟弟突然自言自语，怎么又做梦了？

弟弟说，梦见一群人抬着棺材向他走来，无论怎么躲，就是躲不开。垂头丧气的弟弟说着那个不祥的梦，眼眶里溢满委屈的即将溃堤的泪水。

母亲意想不到的兴奋。她高声朗气地冲着东方升起的太阳喊，好梦！老张家就要扬眉吐气了。看到我们可疑的目光，她接着说，棺即是官，材即是财。看来我们家有当官的，也有发财的。

母亲的解梦似乎真的应验了。之后的岁月，通过坚持不懈的努力，我不但如愿以偿上了大学，而且官运亨通，几乎二三年一个台阶。弟弟做生意赚得盆满钵溢，数着数着票子就喊累了。

我和弟弟都很忙，整天像陀螺一样转个不停，甚至连给母亲打个电话的时间都没有。

母亲经常给我们打电话。母亲在电话那头喋喋不休，突然会问，你们没做梦？对于母亲莫名其妙的问题，我们常常不以为然。母亲却说，自己做梦了。母亲做的什么梦？我们没时间问，也没时间听。母亲好像十分失望，总是唉声叹气地挂上电话。

母亲一个人住在乡下，我们无数次接她进城，她要么拒绝，要么偶尔来一次，过不到一天半天，就火急火燎往乡下赶，留也留不住。母亲不是说放不下自己家里的鸡，就是自己家里的狗。鸡啊鸭啊猫啊狗啊，是她一生永远的牵挂。母亲牵挂的肯定还有别的什么，母亲不愿说，当儿子的也不好多问。

只有逢年过节的时候，我和弟弟才能像模像样地陪伴她老人家一天两天。

母亲此时十分高兴，虽然身体渐渐老去，但总能焕发出短暂的活力。她房前屋后忙里忙外，空闲下来常对我们炫耀她对梦的研究成果。比如梦见哪个人死了，那个人在世上会添寿。梦见哪个人生病了，那个人一定健健康康的。比如火是财，水是命。棺材就是官和财。比如瓜果就是有结果，开花就是烟消云散。也就是说，梦大都是反的，正的极少。

唠叨完自己的研究成果，母亲会将身子侧过去，谨慎地问弟弟做了什么梦？弟弟绘声绘色地说做了什么什么梦。我也会郑重其事地告诉母亲，做梦了，怎么跟弟弟一样喜欢做梦了呢？母亲把身子扭过来，老大，你做梦了？做的什么梦？我像弟弟一样绘声绘色地说做了什么什么梦。我说的梦虽然与弟弟的梦情节不同，但是非常符合母亲解梦的规律。

母亲听着听着笑了，笑着笑着睡着了。母亲一头华发，睡姿十分安详。

马 姐

梗概：曾经作为同事的马姐，开朗、活泼、阳光、干练。时事变迁兴衰，不仅改变了马姐的命运，而且让她命运不济。尽管如此，马姐仍然拥有一颗不变的善心。

流泪的花生米

马姐不姓马。问马姐，马姐姓什么？马姐两只乌黑发亮的大眼睛忽闪忽闪的，姓马！

其实，马姐不姓马，所里的人都知道。马姐的继父姓马，是所里的老税干。马姐随母亲从东北来到淮北平原，跟老马过一家人的日子，就随了马姓。

马姐不是正式税干，是一名代征员。说白了，就是临时工。虽说是临时工，每月的工资只够吃饭的，但在税务所大院里进进出出，偶尔借一身湛蓝的税服，穿行在大街上，迎着羡慕的目光，还是十分体面的。如果不是与老马这层关系，马姐是不能在税务所当临时工的。

马姐干得却不是临时工的活儿。马姐除了烧茶送水、打扫卫生、收发报纸外，还协助管片的同志上街收税。一个人干两个人的活，却拿一份工资，而且还是最低的那份。年终，所里的同志一致向领导提议，大伙儿有啥她有啥。所领导是一个开明人，发福利的时候，睁一只眼闭一只眼，任同志们咋着咋着。

马姐工作起来更加带劲。大街小巷的商贩，都知道税务所有个能干的女子，叫马姐。

他们到所里办事，大伙儿叫马姐，他们也马姐长马姐短的叫。马姐答应得顺当，他们叫得响亮。

赶上机构改革，一个好好的机构，分国税地税。国地税两家都想将马姐带过去，谁不想要个能干的人呢？马姐最终去了国税，地税的人觉得没面子。好在，国税好啊，国字号的。马姐有个好前程，值了。

可是，天有不测风云。国地税分家后不久，国税对代征员进行清退。地税的代征员仍然光光彩彩地干着，让所有国税地税的税干们都意想不到。

下岗后，马姐嫁了人。国地税两家的人，好像都是马姐的娘家人，都凑份子喝喜酒。坐桌的时候，支事的人拿着麦克风大声嚷嚷，国税的坐东边，地税的坐西边。东为上，地税去的同志气得够呛，逮着马姐婆家的酒直往肚子里灌。

马姐的爱人，大伙儿都认识，叫小鬼精。国地税没分时，小鬼精经常到税务所去，自己办事，也帮别人办事。跟在马姐屁股后头，粘着马姐。小鬼精嘴甜，大伙儿对他印象不差。那时，只要见到小鬼精来，就调侃说，又找马姐。小鬼精也不隐瞒，是啊，找马姐领发票，马姐呢？马姐当时正在厕所里。有人告诉他，马姐到伦敦去了。小鬼精很吃惊，很紧张，说去这么远，安全吗？待马姐从厕所里出来，大伙儿哄堂大笑，小鬼精直挠头皮。伦敦？谁都知道是什么个意思。

马姐嫁给他，郎才女貌，一个聪明，一个能干，小日子肯定红火。

不久，马姐生了个女儿，也浓眉大眼，随马姐。小鬼精非说脑门随他，马姐高兴得只有笑，随谁都不赖，都是两个人的优点。

小鬼精聪明，做什么生意都赚钱。从开商店，到在涡河上行船，后来搞建筑，几年下来，赚得盆满钵满。大伙儿仍然关注马姐，都说马姐能走到这一步，够可以够幸福的，坐在家里当大款，比我们这些风里来雨里去的正式工强多了。

有些日子见不着马姐了。突然有一天，马姐出现在北街，出现在一家鞋店里。

大伙儿很高兴，异口同声地问候马姐。马姐，来买鞋？马姐憔悴的脸上挤出笑，不是，自己干的。

大伙儿面面相觑。小鬼精领个女人跑了，扔下马姐。

流泪的花生米

大伙儿义愤填膺，这个陈世美！逮住非生吃他不可！

收税时，国地税两家都照顾，说马姐别缴了，做个停歇业报告算了。马姐坚决不同意，非坚持上门申报。收了马姐的税钱，大伙儿心里酸溜溜的。

凡是需要买鞋的熟人，大伙儿都会介绍到马姐店里去。有的不知道路，我们会带过去。大伙儿觉得，应该帮帮马姐。

有一天，带人到马姐店里买鞋，见到小鬼精。小鬼精坐在轮椅上，嘴角流着口水，在阳光下晒太阳。马姐忙里忙外，不时回头看看一脸痴笑的小鬼精。

小鬼精的钱财被那个女人骗光，在内蒙古出了车祸。

大伙儿说，马姐，你……你……你这人怎么这么善良呢？

马姐笑笑，背上一段顺口溜。人的命，天来定，胡思乱想不中用。马姐我，就这命！

这个马姐，有病。大伙儿半开玩笑半认真地说。

走出马姐的鞋店，大伙儿身上暖洋洋的，心里暖洋洋的。

种薄荷

梗概：人家种果树，"母亲"反其道种薄荷。童年在无奈和失望中，了然无趣。事实证明，"母亲"无疑是睿智的，用其睿智，呵护全家平安成长。

母亲将院前的一块空地种上薄荷，我们觉得十分扫兴，不解，甚至愤怒。

难得的一块自留地，有大堆的农家肥支撑着，种什么不长得喜人，偏偏要种薄荷？

庄东头三木家的院门前，种的香瓜。到了秋天，香瓜熟了，整个村庄都飘荡着香气。袒胸露乳的三木，腆着灰黑色的肚皮，在伙伴们跟前晃悠。大人们见到三木，都要召唤三木，三木三木你过来。三木笑嘻嘻地来到大人们跟前，凭由大人们在他肚皮上弹来弹去。咚、咚、咚、咚咚，噢，八九成，快熟了。伙伴们和大人们皆笑倒一大片，连泡桐树上的叶子也跟着哗啦啦鼓着掌。

庄西头狗蛋家院门前，也种着令人眼馋嘴馋心馋的东西。两棵杏树，三棵枣树，还有一株叫什么花来着，只要一开起来，粉嘟嘟的，一簇簇，一丛丛，一蓬蓬，比天上的云彩好看多了。

母亲再种薄荷时，我和弟弟都像背阳的花蕾一样噘着嘴。妈，今年别种薄荷了，种黄瓜吧。要不，种菜瓜也行。

母亲一边下力气刨地，一边冲我们的哀求翻白眼。小孩子家的，懂什么，少来管闲事。

我和弟弟都不服。什么是闲事？我们说得是正事哩。黄瓜皮薄肉脆，生调熟炒是道好菜。菜瓜个大水多，管饱管渴。薄荷管什么用？说我们是小孩子家的，看不到我们都背起书包上学了吗？哼！

母亲对我们的反驳或反对，不屑一顾。她依旧孜孜不倦地种薄荷。

阳光好，雨水足，底肥厚。母亲种的薄荷满眼翠绿。

母亲浸润在翠绿的薄荷地里，眺望远方。远方，几

流泪的花生米

朵白云在天上闲庭信步。

偶尔，摘几片薄荷叶子，在掌心里揉搓。待揉碎后，放在鼻孔前嗅嗅，一股清凉沁人心脾。

正是犯困的季节，瞌睡虫经常爬到课堂上捣乱。老师告状到母亲那儿，孩子犯困，上课不注意听讲，成绩直线下降。

母亲一脸讪笑，十分不好意思。仿佛犯困的不是她的儿子，倒是她自己。

母亲没有打骂我们。她下到薄荷地里，摘下些许叶子，分别用两个纸包包好，并放在我和弟弟的书包里。母亲告诉我们，再犯困，就取两片叶子，在掌心里揉搓，然后再放在脑袋两边的太阳穴上。

脑袋里好像向外冒着凉气，有时眼泪也跟着在眼眶里打转转。果然，不犯困。

夏天的时候，三木家跟邻居打了一架。邻居家的猪没拴住，跑到三木地里偷吃香瓜。一地的香瓜，被那头莽撞的大黑猪糟蹋得一片狼藉。

两家人你一言我一语，话不投机，由吵到骂，再由骂到打。两家分别各有一老一少住进镇医院。

母亲怀揣一肚子心事，用镰刀一根根割薄荷。割来两小捆薄荷后，母亲嘱咐我和弟弟，一个从庄东头往庄西头，一个从庄西头往庄东头，挨门挨户地送薄荷。薄荷插在屋里的玻璃瓶里，防蚊虫。在蚊虫横行的日子里，有了母亲的薄荷，全庄的男女老少少了不少的痛苦。

秋天的时候，狗蛋家发生了一件大事，差一点要了狗蛋的命。

狗蛋妈见枣树上生虫子，打了农药。狗蛋放学回来，偷偷上树摘枣吃。吃了毒枣的狗蛋口吐白沫，不省人事。狗蛋一家人呼天抢地，狗蛋奶当场背过气。幸亏发现得早，抢救得及时，否则，吃后悔药都没处买去。

母亲背靠在院门上，自言自语地说，还是种薄荷好，猪不吃，鸡不叨，狗不闻，贼不偷。

是的，在理。

薄荷长得喜人。

薄荷收割后，晒干，放在阴凉处。谁家要清热去火，拿走两棵，在锅里一煮，大碗盛，大口喝，周身冒汗，舒坦。

那时，父亲在安徽芜湖修筑铁路，一年半载不回家一趟。

母亲领着我和弟弟过日子，虽然清苦，但很太平。

城市上空的麦田

梗概： 城市并非农村，有着绿油油或者黄灿灿的麦田。在工地上打工的"父亲"无意发现了一块麦田，他徜徉在城市里少有的麦田里，幻想着城市上空的麦田。

楼越长越高，到二十一层，父亲发现那块麦田。

远远的，虽然只有一片模糊的绿色，但是一生跟土地打交道的父亲，一眼断定是一块麦田。

这边，是一栋栋高楼，像排兵布阵荷枪实弹的士兵队伍，一步步向麦田逼近。那边，是一条繁忙的公路，

流泪的花生米

车来车往，如一个个锋利的剪刀，将与麦田接近的土地，一日不停地裁来裁去。再那边，是一条湍急的河流，清清亮亮的河水，带子一样飘向远方。

父亲的心里痒得难受，好像胸口藏有无数根麦芒。父亲惊喜，有麦田，奇了怪了。

父亲干活的手脚不再干净利落，他的心思飞了，飞到了千里之外的故乡。

故乡在一望无际的淮北平原，有属于父亲的麦田。那些苗壮的麦子，从冬天的怀抱里挣脱出来，在肥沃的土地上，撒着欢儿奔向天空的太阳。父亲从早到晚，在麦田里劳作。播种、施肥、除草、捉虫、收割。一道道固定的耕作工序，随着节气的变换，被父亲做得充实，充满着人间烟火的气息。

父亲心里痒得难受，痒得痛苦。父亲心里知道，自己想去看望近在眼前的那块麦田。父亲装腔作势，对着明亮的天空说，肚子疼。然后双手捂住肚子，弯腰钻下楼梯。

父亲说的话儿，尽管在自言自语，其实是想让工友们听到。在轰轰隆隆的机器声中，工友们的手脚不停地忙活，骨骼发出咯吱咯吱或咯咯吱吱的声音。对于父亲的话儿，他们也许根本没有听到。

父亲一步三回头地走向麦田。父亲生怕这会儿有人喊他，或者问他要多长时间。可是，他的担心顾虑仿佛是多余的。那栋渐入云端的高楼里，除了机器的轰鸣，还是机器的轰鸣。

果然是一块麦田。父亲的眼睛里，随着呼吸的急促大放光彩。正是小麦扬花的季节，空气中飘荡着麦子灌浆的清香。一块撒种的麦子，让父亲走进它十分困难。父亲小心翼翼，双手不停地挡来挡去，脚步亦步亦趋。父亲想，这时的麦子，脆得很哩，经不住倒，倒了，麦子就瘪了。然而，工地上粗手粗脚的他，还是踩倒了一棵麦子。他唏嘘不已，似乎犯下弥天大罪，心中隐隐作痛。

麦叶上挂着露珠，一会儿便弄湿他半截腿。凉飕飕的，冷冰冰的，心里疼痛的伤口似乎被敷上云南白药，痛快的感觉从脚底涌到头顶，特别特别的舒服。这些黑白天交接的精灵，带着麦子的气味儿，通过衣服，渗透到父亲的身体，随着血液不停地流淌，他感到前所未有的轻松。

发现一株草，一株在家乡叫拉拉秧的草。这种草的生命力极强，只要有雨水，它们就会顺着麦根，扯上半块地。父亲在心里埋怨麦田的主人，大意了吧，这种草必须及时除掉，否则，受伤的不仅是麦子，还有你这大意的主人。父亲顺着秧苗，找到根部，使出浑身的劲儿，将它拔出来。父亲用力过猛，拉拉秧连根拔起，自己却跌坐在麦地上，一丛麦子也跌坐在麦地上。父亲突然后悔来到这块麦地，伤害这块麦地。

想起拔草的日子，父亲想起我们。那时，父亲带着我们下地拔草。父亲说，拔吧拔吧，到秋天蒸白面馍吃。我们拔草的热情空前高涨。俯下身子，我们的眼里，除了杂草和麦子，便是刚刚出锅热气腾腾的白面馍。

父亲坐在麦地里，不由自主地潸然泪下。当年跟在他屁股后头拔草的我们，已在不同城市不同工地上生根发芽。

父亲站起来，背着手，看着满眼的麦子。仿佛那些在风中摇晃的麦子，就是他各奔东西的孩子。如今，孩

流泪的花生米

子们就在眼前，就缠绕在他的膝下。他在心里高声大喊，孩子们好！

父亲回到工地，上到二十一层，迎面撞上张明。张明目光犀利地盯住他，老冯，到哪里去了？父亲下意识地后退一步，一个趔趄，后脚差点儿踩空。

吃过晚饭洗过澡，工友们三三两两上街看毛片。父亲赖着不走，也不洗澡。

父亲独自上到二十一层高楼，躺倒在一块平整的楼面上，残存在他身体里的麦叶清香弥漫开来。

父亲想，楼上也可以长着麦子。

周日有约

梗概：爷爷奶奶想见孙子，还要提前预约。在当今社会家庭里，并不是什么新鲜事。孙子为了学习没有时间，爷爷奶奶闲静在家时有牵挂。阴错阳差的事，无味而扫兴。

天刚麻麻亮，老麻就起床了。

今天，是个特殊的日子，老麻有个重要的事情要做。所以，老麻老早就从床上爬起来。即使不起床，老麻也睡不着。老麻有个坏毛病，几十年改不掉，心里装着事儿，再困也睡不着。

老麻洗漱完毕，匆匆去了菜市场，将人吃的，鸟吃的，自己需要随身携带的新鲜东西——买齐。之后，一头扎进附近的澡堂子，边泡澡边光脸，并用定型发胶将几根无精打采的稀头发，一根一根竖起来。这样一整合，整个人委实年轻了五六岁。

换上一套新衣裳，老麻冲镜子里的自己咧嘴笑一笑，一脸难以言表的快乐流淌一地。

老伴儿穿上一双新皮鞋，一身大红唐装站在门外，早已等得不耐烦了。老头子，别磨蹭了，七点都过一刻了。

老麻说，慌什么，再看看有没有落下的东西。

老伴儿把一脸的不高兴投向天空。天空灰蒙蒙的，刚露出来的晨曦被一大块乌云吃掉了。

老麻在屋里喊，老婆子，咱家的照相机呢？记得放在柜子里，怎么不见了？老麻有点急，柜门子被他慌里慌张的手脚弄得叮当作响。

老伴儿说话的声音大起来，看你那记性，昨天晚上不是先放我包里了嘛！真是的，老糊涂了。老伴儿的大嗓门，吓着老麻的一对画眉鸟儿，它们在笼子里惊慌失措的飞来飞去。

老麻一拍脑袋瓜，嘴里轻轻的噢一声，记忆好像瞬间苏醒了。

老两口匆匆忙忙，一路小跑，气喘吁吁来到涡河路3号站台。公交车正好关上车门，吭吭哧哧一路西去。老麻和老伴儿一齐招手，一齐高喊等等，等等。可是，公交车似乎不认识他们，扔下一道黑烟，很快消失在他们的视野里。

老伴儿更加不高兴，说老麻，一辈子就这德行，办事拖泥带水，从来没有利索过。

老麻像做错事的孩子，挠头再挠头，向老伴表示错了错了。

流泪的花生米

时间转得真快，一不留神八点整了。老麻急忙拦下一辆的士，连推带拱把老伴儿塞进车里。

老麻坐到副驾驶位子上，指挥着司机。快，五一广场花园小区。

按照常规，从涡河路3号站台出发，到达老麻指定的地点，应该需要四十分钟左右。如果碰上塞车，一小时两小时都有可能。老麻想，今天是星期天，路上车来车往，塞车的可能性加大。

老麻扭头跟司机商量，师傅，能不能再快点？

司机一脸麻木。不咸不淡地告诉老麻，老爷子，快不了，这几天交通秩序大整顿，违章就扣照扣车。

老麻再看表，回头看老伴儿一眼，老伴儿也在看手表。

老麻果断地说，师傅，这样，你呢，快点，罚款我们出。

司机没看老麻，仍是一脸麻木，说话的语气生硬许多。老同志，不是罚款你出我出的事儿，关键要扣照扣车。

前面亮起红灯，司机边说边将车子拐进慢车道。

老麻急眼了。走二马路那条道，车少路宽。

司机这才将一张马脸转向老麻。老爷子，走二马路，您老可得多掏三十块钱？

老麻坚决地回答，走二马路！

车到五一广场花园小区时，八点五十五。老麻和老伴儿松了一口气，不管怎么样，离九点还差五分钟。五分钟对老麻和老伴儿来说，是宝贵的，难得的，快乐的，幸福的。

来到2幢103门前，老麻焦急地上前敲门。宝宝，宝宝。老伴儿则叫小云，小云。

屋里没有一点儿动静。

老伴儿将一兜东西放在脚下，开始抱怨老麻，一辈子就这德行，拖泥带水的，从来没有利索过。

老麻加大嗓门儿，宝宝，我是爷爷，快开门，快开门呐！边喊边用双手擂门。

宝宝没有出来，却把邻居的脑袋擂了出来。

邻居是个毛头小伙，挺不错的一个人，老麻多次见过他。

小伙子说，大爷，大娘，看孙子呢。小云领宝宝补课去了，刚走十来分钟。

老麻就像泄了气的皮球，浑身上下顿时失去站起来的气力。

过去，儿子儿媳上班忙，宝宝住在爷爷奶奶家，虽然苦点累点，但是其乐融融。

自从宝宝上学，媳妇就将宝宝接走了。媳妇脸不脸腔不腔的，对老麻和老伴儿没好脸色。儿子跟儿媳经常生气，十有八九，都是为了宝宝的教育问题。

宝宝跟着爷爷奶奶，常说土话，学拼音总是发音不准。

老麻和老伴儿不由得想孙子，隔三岔五往儿子家跑。起初媳妇不高兴，后来儿子也不高兴。为了给宝宝提供一个良好的学习环境，经双方商定，每周六让二老见一次宝宝。如果碰上宝宝补课，见面即时取消。

回到家，老伴儿直不起，说胃疼，上床休息了。老麻拎着鸟笼溜达到梦蝶湖公园，在公园的长椅子上，迷迷糊糊睡着了。

路过一对情侣，将老麻叫醒。说大爷，在这儿睡觉，别冻病了。

流泪的花生米

老麻朦胧一双睡眼，哼哼哈哈地说着谢谢，鼻子真的透不过气了。

爱之魂

梗概：儿子想了解大山，他满足了儿子的愿望。突然而至的大雪，让他们与饿狼不期而遇。他的果敢和献身，给儿子留下一生的缺憾和眷恋。

大雪封山，是他始料未及的。

儿子想了解大山深处的奥秘，儿子是个上进的孩子。儿子死缠烂打，才让他改变主意，才让他们父子困在雪山。

天渐渐暗了下来，只有铺天盖地的雪团张牙舞爪。看来，只有在这荒山雪野里过夜了。等到天明，打猎的上山，才能找到下山的路。他在心里默默祈祷着，希望上苍恩典，快把大雪停下来吧。但这恐怕只是他的一厢情愿而已。

幸运的是，他们找到了一个山洞，一个足可以容下他们父子的山洞。而且山洞里有干净的树枝，野草和石块。这山洞肯定住过人，不然不会有这些生活的东西。他在心里感激着上苍，他以为发现眼前的山洞，正是上苍的恩典。他放下行李，仔细地扑打着儿子身上的雪块。雪很快从儿子身上落下来，还原给他一个真实的儿子。他笑了，儿子的眼睛里充满着对自己的敬仰之情，这是值得他骄傲一生一世的。

他把儿子安顿下来，忙于清理洞里的杂物。今夜，山洞就是他们的家。他把石块扔到一边，把树枝扎起来，做成一个门。然后，他把干净的野草铺在地上，打成一个地铺。做完这一切，他看着儿子再一次笑了。儿子湿漉漉的乌发下，两只眼睛雪一样明亮。

一阵寒风挟带着雪块扔过来，险些把他刚立起来的柴门砸倒。他搬来石块，认真地压在柴门的脚下。这样风雪就打不倒了，他舒了一口气。然而，风从柴门缝隙毫不犹豫地挤进来，刀子似的刮在他和儿子的身上，他不由自主地打了个寒战。必须生一堆火，否则会被冻死的。

一团火很快升了起来，给山洞带来无限温暖。疲惫不堪的儿子，像散了架的一堆肉，蜷曲在地铺上昏昏欲睡。

火光一会儿大，一会儿小。他不能睡，睡了火就会灭了。火灭了，寒气就会袭击他的儿子。他不断地往火里添些柴，借助柴足的时候，偶尔打一个盹。

几声嗷嗷的长啸突然划破了夜空，也惊醒了自己的瞌睡。他心里猛地一紧，狼来了。是火，是这一堆救命的火把狼引来的。而火，又让饥饿的狼望而却步。无奈的饿狼才发出疯狂的长啸，否则，它们会不动声色地向他们张开血盆大口。

他下意识地瞅了一眼儿子，儿子也被狼的长啸惊醒了。儿子卧在洞壁的一角，雪亮的眼睛里充满了恐惧之色。儿子在他的面前是个孩子，但是儿子已经不是个小孩子。儿子清楚地知道，那是狼的嚎叫。为了让儿子的情绪稳定下来，他从包里掏出一把寒光闪闪的藏刀。这刀是他事先准备好的，没想到这会儿派上了用场。他

流泪的花生米

想用刀，还有自己的沉着，让儿子对父亲的依靠更坚强一些。

他手里握住刀，通过柴门的缝隙向外张望。一片绿光忽明忽暗，犹如奔走的火把。他倒吸了一口凉气，不是一只狼，是一群狼。他把手里的刀子握得更紧了，仿佛能听到咯吱咯吱的声音。

他指挥儿子往火堆里加柴草，只要火存在，狼是不会轻易发动进攻的。一场人与兽的恶战，一触即发。儿子不停地往火堆加柴草，火苗儿旺盛地窜上窜下。狼的嚎叫，更加惨烈了，仿佛即将进行一场生死决斗。

剩下的树枝烧光了，草也烧光了，火堆暗了下来，那一片绿光向山洞步步逼近。他果断脱下身上的棉衣，往火堆里扔去。儿子想把他的棉衣从火堆里拎出来，他用有力的大手制止了儿子。火势再一次升起来，那一片绿光向后退却。就这样他和儿子瑟瑟发抖，几乎脱光了身上的衣服。天空明亮了起来，黎明就要到来了。他脸上又浮起一丝笑意，等熬到天亮，猎人就会上山，胜利就在眼前。

狼似乎也意识到天即将亮了，渐渐失去了耐心。有两只兽性大发的狼，率先对山洞发起了进攻。他挥舞着手里的刀子，穿过柴门，刺中了一只狼的眼。受伤的狼惨叫一声，退却了攻击，另外一只狼也如丧家之犬。

他们和它们，又进入了新一轮艰难的对峙。

四只狼这一轮的进攻几乎同时进行，如同四只同时发出的炮弹。他竭尽全力，把它们挡了回去。但他受了伤，左胳膊鲜血淋淋。没有东西可以用来包扎，血染红了山洞。他躺在地上，疼痛让他不得不喘着粗气。他抬眼望了一眼儿子，儿子像一只无助的羔羊。

群狼上来了，他也数不清是几只了。忽然，他左手执刀用力一挥，砍下了自己的右臂，接着将血淋淋的断臂扔了出去。他一连串的动作一气呵成，不留一点儿犹豫的余地。

他昏死了过去。群狼争食他的手臂，狼与狼之间发出互不相让的撕咬声。

天亮了，猎人的枪声赶走了饥饿的狼群。

儿子每年都来山洞前烧一摞纸，以祭祀父亲勇敢的灵魂。火光如同那晚的火光映红了那个山洞，也映红了儿子一张仍残留有狼齿印痕严肃的脸。

8 月 31 日的父亲

梗概：8 月 31 日是个特殊的日子，因为第二天就要开学了。农民"父亲"对上学有着无比辛酸的伤感和依恋，他只有把自己的人生不足，用自己不变的提醒，让后辈们不再有遗憾。

父亲是个懦夫。

陈三把拳头扬到父亲脸上，然后十分嚣张地把我们家的烧饭锅摔得铁片横飞。父亲连个响屁都没敢放。

忍无可忍的我，拎把菜刀要和陈三拼命的时候，父亲用身体堵住我，像一面墙。

我恨父亲。我觉得父亲枉为男人。

父亲用同样的方式把我堵在牛棚里。牛棚里有两头牛厮下的新鲜的粪，在暑气的蒸腾下，刺鼻的气息把我的眼泪毫不犹豫地扯下来。

我极力往外冲，但父亲像一面墙。

那个夏天，我极力把自己打造成一个地地道道的农民。我在太阳下晒，在热风里吹，在暴雨中淋。我把我书生的皮肤和身体搞得十分地道，十分接近脚下土地的颜色。在再一次落榜之后，我打碎自己的所有梦想，决心像父亲一样，做一个实实在在的庄稼汉子。

父亲就为这件事情，把我堵在牛棚里的。

父亲似乎有许多话要说，但父亲又是一块沉默寡言的石头。

父亲的沉默，也是出了名的。父亲在全村有个外号，叫老蔫。父亲的真实姓名，别人好像都不记得。只要一提老蔫，别人便知道是父亲。

父亲曾经是一名党员，那年春上选支书，轮到父亲表态，父亲的蔫劲上来了，竟没有说出一句话来。到底是父亲不愿意说，还是真正说不出来，只有父亲内心清楚。支书后来找父亲一个茬，开除了父亲的党籍。

父亲想对我说什么，却始终没说。父亲只一袋一袋地吸旱烟，烟火一明一灭，似天边眨眼的星星。其实，父亲想说的话儿，我都知道。因为我不想听父亲的，我只想做一个地地道道的农民。

父亲与我对峙着。借着烟火，我看到父亲粗糙的脸，还有十分庄严的表情。

我想冲出去，想尽快结束这场无声的谈判。几次努力，都被父亲墙一样的身体挡回去。

我是父亲的儿子，但我的性格和父亲判若两人。说实在话，我在心里十分藐视父亲。尽管我想做像他那样的农民，而绝不是懦弱的农民。假如有一点儿对我的玩弄，我都会视死如归，疾恶如仇的。

我对父亲说，别劝我，我真的不想上了。我把最后一句话儿，在牙上磨了几磨，才从牙缝里挤弄出来。我之所以这样做，是想向父亲表明我的态度。也可以让父亲这样理解，别逼我上梁山，我不能再听你的。

高考三次落榜，已经让我失去作为一个人的耐心。我的未来应有我自己抉择，不能再由父亲左右摆布了。

父亲没有表态。显然我的表态，没能让父亲接受。父亲能接受的是自己一切不幸的遭遇，而最不能接受的就是我不愿意上学的事实。

父亲那晚的意思，是让我明天回到学校，重新开始我的学生生涯。

父亲的烟窝里，吱啦吱啦地响，火和烟叶的碰撞，让夜里多了一种别样的声音。父亲烟窝里的响声越急，说明父亲要说的话越多，可父亲还是没说。

我呛不住牛粪的味道，也呛不住父亲那堵墙，我流下无可奈何的泪。

父亲握住烟杆的右手，突然换回左手，父亲的右手伸到我的脸上。我等待着父亲的手，等待着他重重的一击。然而，父亲帮我抹一把泪。

我泪如雨下。

父亲折身回到场上，把牛棚的出口让给了我。

父亲在场上劈柴。这些柴是留给年关用的，父亲今晚提前劈上了。父亲劈的柴，本来是一根枣木。枣木曲曲弯弯，像一位躬腰佝背的残疾人。父亲邀木匠琢磨好几回，木匠几乎都是一个同样的动作，摇摇头说，刨掉当柴火烧吧。父亲费一个早晨的时间，把枣木撂到场上。父亲想让风雨帮帮他，等枣木腐朽了，再毫不费力劈成

流泪的花生米

烧柴。难眠的父亲，过早地做他自己后来的活儿。

父亲的镢头举得很高，差一点儿就甩到自己的后背上。父亲一镢头下去，如同一个炸雷落在地上。枣木是硬料，父亲必须使出全身的力气。

父亲喘着粗气，如同犁到地边的牛。场上，滚动一个又一个炸雷。

那一刻，我理解了我的父亲。父亲是个坚硬的父亲，如石头一样坚硬的父亲。

第二天，我重新背起书包。父亲布满血丝的目光，一直送我出了村口。

后来，我进城当了干部，父亲仍蜗居在家乡的村子里。只是每年的 8 月 31 日，他会如期打来电话。只说一句话儿，便把电话挂上。父亲说，别忘了明天让苗苗上学！

苗苗是我的女儿，同时也是父亲的孙女。

老大老二

梗概：对于一个母亲来说，手心手背都是肉，老大老二都是自己身上掉下来的肉。儿行千里母担忧，无论生活走向哪里，老大老二身上都有一根线，由母亲牵着不松手的线。

油头粉面的父亲刚转身离开，母亲突然捡起一块半截砖头，将两条正在发情的狗无情分开。

其时，我胸前放着语文课本，正冲两条含情脉脉的狗发呆。母亲的举动让两条狗夹着尾巴逃走，同时让我猝不及防。母亲回头嚷道，老大，看什么看，跟你老子一样的情种。

母亲有点过分，甚至神经过敏。父亲一贯喜欢吹口哨，吸纸烟，梳蚂蚁挂棍都爬不上去的后面梳头，并且爱往大姑娘小媳妇堆里钻，眉飞色舞地说一些不荤不素的话儿。可是，我和父亲是有着本质区别的。我只是对各种事物十分好奇，比如万里晴空，一望无际的麦田，包括两只调情的狗。

母亲却听不进去我的辩解。她说，都一样，黄鼠狼和狐狸都是一样的种！

母亲的打击面太广，对父亲明显不满，对我存有明显的偏见。

相比之下，母亲尤其喜欢弟弟。

弟弟常常与一群野孩子疯玩。一会儿疯到田里，一会儿疯到河边。只要母亲叫一声，老二，回家吃饭了。弟弟就会神不知鬼不觉地出现在饭桌上。弟弟沾着草屑的肚子一鼓一鼓的，好像沟里鸣叫的青蛙。弟弟肚子一鼓说，妈妈吃。自己却吃得满口流油，大腰圆。母亲对弟弟的客套十分受用，往往将自己舍不得吃的东西，一筷子夹到弟弟碗里。母亲说，老二，饿了吧？多吃点。

在母亲那里，弟弟是她的宝贝蛋，我则是她的出气筒。

有一次，弟弟从田里疯回来，手里拎只活蹦乱跳的兔子。为了那只野兔子，弟弟的左腿被乱石刮出二寸长的口子。伤口流着鲜血，弟弟连牙都不龇。母亲十分心疼，赶紧奔向锅屋，取来一把草木灰，小心地撒在弟弟的伤腿上。

流泪的花生米

当时，我就站在弟弟旁边，嘴上哆嗦手上哆嗦心里也哆嗦。

母亲一边拍着手上的余灰，一边对我说，老大，看你那熊样，怎么跟老二比？

弟弟照样疯玩，照样听从母亲的召唤，照样做一些让母亲钦佩不已的事情。

有一天，父亲和母亲先吵起来，后打起来。母亲自然不是父亲的对手。父亲虽然游手好闲好逸恶劳，但是他有一米八一的个子，加上雄情勃发，足以将母亲打翻在地，再踏上一只脚。母亲在父亲脚下嚎叫，全村的鸡鸭鹅猪跟着有节奏地嚎叫。

我和弟弟放学回来，一进村就听到此起彼伏的嚎叫。当得知这些有声有色的嚎叫缘于母亲时，我也开始加入嚎叫的行列。弟弟没有嚎叫，甚至屁都没放一个，顺手牵羊拎起一把锋利的镰刀，咔嚓一声将父亲踏在母亲身上那只坚硬的脚划开一个深深的口子。

母亲更加疼爱弟弟。在有星光有月亮的夜晚，在散发着迷人清香的枣树底下，在父亲的睡意越来越浓的时候，母亲抱紧弟弟日益升高的个头喃喃自语，长大了，咱当兵。

母亲对我仿佛哀其不幸怒其不争。老大，跟老二学着点，别整天像个娘们似的。

农村那时放露天电影，十里八乡撵着看。只要银幕一挂，片子一唱，大人孩娃的魂就一齐往电影场子里跑。村庄只留下不能动的老人和看家狗，仿佛被掏空的鸟窝。在奔流不息的人流中，母亲的喊声尤其清晰，老二，老大呢？别弄丢了老大！通常是老大带着老二，在母亲的思维里，我与弟弟恰恰相反。

　　家里出现了不可预测的变故。父亲的一条腿，在春末的季节里渐渐失去知觉。跑遍附近大大小小的城市，看遍一茬又一茬高明的医生，花光家里能够花的一切钱，可是父亲那只长长的本来活跃健康的腿，没有恢复他以前骄傲的状态。焦急的父亲进进出出，只能借助一根枣木单拐。母亲流干了泪，咬碎了牙，老天爷，难道真是报应吗？

　　那一年，我十八岁。

　　赶上冬季征兵。我跟母亲说，妈，我想去当兵。母亲无奈地点点头，额头上的几缕白发在风中飘扬。

　　一路过关斩将，我穿上绿色的军装。

　　在部队，我发奋图强，刻苦训练，颇得领导赏识。从班长，排长，连长，一直干到营长。

　　每进一步，我都第一时间写信告诉母亲。母亲自然高兴，常常夜不能寐。只是在她的历次回信中，却经常读到淡淡的忧伤。母亲说，弟弟跟父亲吵架了，吵得凶，缸砸了。母亲又说，弟弟喝酒了，酒量大，喝多就闹事。母亲再说，弟弟打架了，这次看来要赔人家不少钱。

　　后来，我托转业到地方任职的战友，将弟弟安排到村小学当代课老师。

　　回家探亲的日子，是我们全家最快乐的日子。母亲年事已高，说话唠唠叨叨。临走的那个晚上，母亲把我和弟弟叫到里屋，母亲对弟弟说，要好好学习，不要辜负孩子们。弟弟点点头。母亲说，要尊重你爸，他一辈子也不容易。弟弟再点点头。母亲说，千万要干出名堂来，不要给你哥脸上抹黑。弟弟继续点点头。

硕　鼠

梗概： 妈妈在老家养了一只大老鼠，让女儿惊讶不已。妈妈是不是病了？精神上出现了问题？女儿心急如焚。她急于求出个中答案，却让女儿更加惊讶不已。

清明节前夕，小敏回乡给父亲上坟，刚被母亲迎到屋里坐下，一只硕大无比的老鼠大摇大摆地从她脚边溜过。老鼠的那份清闲自在，犹如闲庭信步。

小敏惊出一身冷汗，一边哆嗦着说不出话的嘴唇，一边将颤抖的双手递到母亲怀里。

母亲面带笑容，没有丝毫的惊慌和恐惧。母亲轻轻抚摸着小敏有些失色的手，和风细雨地说，孩子，别怕，不就是一只老鼠吗。

老鼠，小敏当然见过，而且不止一次二次，小时候经常见。小敏是土生土长的农村娃，怎么会没见过大名鼎鼎的老鼠？可是，从小到大，从农村到城里，在茫茫人海里奔走这么多年，小敏没见过如此硕大的老鼠。

在小敏惊魂未定的脑袋里，刚刚溜过的怎么会是一只老鼠？简直就是一头苗壮的小乳猪。

母亲明明白白地说，是老鼠，你才见第一面，我们可是天天见面。

小敏怔怔地盯着母亲，盯着母亲那张亲切而熟悉的脸庞。她老人家说话竟然如此轻松，如此惬意，竟然跟老鼠不分彼此地称呼我们。

小敏突然喊声妈，您没事吧？

母亲张开双臂，就地转了一圈，没事，你看我这身体，能像有事？

母亲的身体比去年好多了。去年，母亲腰椎间盘突出，疼得厉害，汗珠子黄豆似的一把一把从脸上往地上撒。万般无奈之下，小敏带着她到上海做了手术。没想到，她老人家恢复得如此快，现在竟然可以跳舞了。

从老家回来，小敏翻来覆去睡不着，苦思冥想了几个晚上都没想通。看来母亲的确有点反常，难道冥冥之中会有什么预兆？

母亲命苦。小敏七岁时，父亲突然从他游走自如的脚手架上摔下来，永远离开了这个世界。小敏上学，就业，成家，生子，母亲的心为她操碎了，自己却一天天老去。小敏在心里无数次发誓，一定要让母亲尽情享受享受现在的生活。前几年，为了照顾孩子，母亲在城里一住就是五年。自从儿子上小学以后，母亲再也不愿住在城里了。无论用什么方法和理由，母亲一条道走到黑，就是不肯留下来。个中滋味，只有小敏心知肚明。小敏恨恨地想，都是无良的马小明，这个该死的东西。如果不是马小明有外遇，也许母亲不会选择回老家，不会在晚年过孤独的生活，不会对一只硕大无比的老鼠熟视无睹。尽管自己从没在母亲面前提起马小明的事，但是母亲嗅觉异常灵敏。

星期天，小敏怀里抱一个大花猫，再次回到母亲身边。

小敏将大花猫递给母亲，又在警觉的猫头上抚一把。好猫，会逮老鼠的猫。有了它，妈你就放心吧。

在办公室里上班，小敏不安心，给母亲打电话。妈，那个猫爱吃鱼，别忘了多喂它鱼。钱不够，我再多给您些。上次临走时，小敏悄悄在母亲枕头底下塞过三百块钱。

母亲忙说，知道知道，天天都喂它鱼，猫添膘了，

流泪的花生米

吃胖了。

小敏想，有猫在，即使逮不住那只老鼠，也会吓得它抱头鼠窜。小敏再想，鼠的天敌是猫，人的天敌是什么呢？小敏想不出。

难得有个休息的日子，小敏一大早就到农贸市场买了一包新鲜的猫鱼，匆匆忙忙往老家赶。

刚进门，那只老鼠好像故意欢迎她似的，又大摇大摆地在她跟前溜达一圈。小敏喊妈的声音都变了，天呐，妈，猫呢？

还没等妈回答，床底下就传来咪咪的猫叫声。原来，猫就在老鼠走过的地方。猫脖子上套根绳，面前一盘小鱼，一盘小米。

小敏盯住母亲的目光，暗藏着无数个锋利的刀子。母亲眼泪汪汪的，说有老猫吃的，就得有老鼠吃的。不容易，老猫不容易，老鼠也不容易，谁都不容易。

小敏气归气，恨归恨，可对象是自己的生身母亲，谁不容易都没母亲不容易。关键是不能再让那只老鼠在母亲这里出现，鼠是疾病的传染源，万一母亲有个三长两短，自己有何颜面面对江东父老。

小敏匆匆忙忙进城，又匆匆忙忙回来，悄悄将一包剧毒鼠药撒在老屋的角角落落。

夜深人静，小敏躺在床上无法入睡，就等着听到老鼠的决绝惨叫。

终于听到一阵窸窸窣窣的声音。声音一会儿东一会儿西，一会儿南一会儿北。小敏心中涌动着丝丝窃喜，吃吧吃吧，吃得越多越好。想着想着，小敏的鼻孔渐渐响起轻微的鼾声。

第二天醒来，阳光已透进屋子里。小敏不由自主地四处查看，发现昨天亲自投下的鼠药竟然一粒都不见了，而且撒过鼠药的地方，有明显扫过的痕迹。

小敏明白了，第一次对母亲河东狮吼。

母亲十分委屈。慢声慢语地说，孩子，你是属鼠的，见到老鼠就像见到你。如果把老鼠弄死了，你在妈心中不就死了吗？

小敏一时愣住，眼眶里蓄起莫名其妙的东西。

母亲接着说，小明属虎的，虎就是猫哩。你看，猫跟鼠，在妈这里不也可以和谐相处吗？

小敏回到城里，撕掉早已写好的那纸离婚协议书，决心认真地跟马小明谈谈。

三　爷

梗概：三爷的三个特点，将这个人物写活了。其一，三爷辈分最高。其二，三爷威信最高。关键是三爷被乡亲们神化了。在这个村庄里，三爷就像那棵老榆树一样永远不倒。是其三。

三爷在村子里辈分最高。高到什么程度呢？村子里最小辈分的，叫三爷太太的时候，前面要加三个老字。

这还怎么叫？叫来叫去，全村的人不全变成了结巴嘴？真不利于下一代的健康成长。有智慧有经验的老人们，经过深思熟虑，统一了一个称呼：三爷。

三爷笑眯眯的，觉得这称呼比抽烟喝酒打麻将牌受用。黑白相间的胡茬儿，在他消瘦的脸庞上跳来跳去。

流泪的花生米

大年初一，村子里时兴挨家挨户拜大年，大伙儿不约而同地往村东头跑。村子的最东头，住着三爷。按照老少排序，拜年得从三爷家开始。

这一天，三爷家的人头最稠，人来人往，熙熙攘攘，如同逢大集赶春会似的。

三爷家的院子不大，屋子也窄。天气好的时候，三爷干脆将茶桌摆在门前的老榆树底下。

老榆树有三百年之久，具体在哪个朝代栽种的，只有三爷心里最清楚。依然枝繁叶茂的老榆树，就像村里的一面旗帜，在岁月的风雨里猎猎有声。

三爷端着装满花生瓜子的大盘子，让过这个让那个，整个村子沉浸在一片欢乐的海洋中。

三爷有一副好脾气，待人接物大大方方，大人孩娃都喜欢他。

三爷最惬意的事情，当数村子里的孩子们给他捋胡子。

三爷将身子前倾，下巴上挑，把一脸黑白混杂的胡茬子递到孩子们面前。胆大一点的孩子，觉得十分好玩，捋过来捋过去，将三爷的眼泪捋得汪汪的。碰到胆小一点的孩子，三爷的胡子扎着手，哇哇哇地哭起来。三爷赶紧从腰里掏块糖，左哄右哄。大人们并不恼，不觉得有什么不妥，任由孩子哭闹，都是一脸笑盈盈的春光。

时间长了，三爷变得最会哄孩子。若是谁家的孩子哭人闹人，会从田间地头抱来，让三爷看看，哄哄。

三爷郑重其事地看来看去，说不要紧，孩子他奶奶疼的。抱在怀里，颠颠晃晃，一会儿便睡着了。

大人很吃惊。孩子奶奶年前就死了，埋在黑土地里，怎么会过来疼孩子？过后，到集上买几刀烧纸，扑倒在孩子奶奶坟上哭几声。这么一哭，前世的恩恩怨怨，仿佛夜风一样吹过，一切堵心的事儿就烟消云散了。

三爷说，孩子不哭不闹了，还要在老榆树上拴个红布条子，许上愿，保佑全家平平安安。

大人们都会按三爷的说法做。绿荫如盖的老榆树上，长年累月飘着红布条子，惹得麻雀们叽叽喳喳叫个不停。

那一年，公社的造反小将们听说，东南庄有个叫三爷的，借一棵老榆树的名义，搞封建迷信活动。他们一干人马，浩浩荡荡开进村子，要批斗三爷。三爷笑眯眯地站在老榆树下，说要怎么着就怎么着吧。可是，村子里的老少爷们不愿意，自发地拿出权耙扫帚扬场掀，准备跟他们搞一场轰轰烈烈的武斗。

三爷生了一场大气，身体每况愈下。

三爷的孙子当村主任。小伙子很能干，带领全村直奔小康路。三爷长了脸,逢人便说,自己很器重这个小家伙。

有一天，村主任领来一群开小轿车的人，围着老榆树转来转去，手机相机的闪光灯亮个不停。

酒足饭饱之后，一群人扔下五万块钱，说其余的十五万货到付款。村主任笑眯眯的，想着用这笔钱办个企业。

三爷说，啥？你小子敢动老榆树，老子跟你拼了。

爷孙二人争执不下，闹得很厉害，几乎到了你死我活的地步。

全村的人，支持了三爷。老榆树是三爷的命，也是全村人的命。

村主任一气之下，去了南方，将肩上的挑子撂下来。

三爷寿终正寝，享年 93 岁。

老榆树还在，仍然矗立在村子的风雨中。村里的人常说，那不是一棵简单的树，是前世的祖宗，在世的三爷。

黑 爷

梗概：在岁月的变迁里，黑爷的善良、能耐和公而无私，得到了乡亲们的拥戴。黑爷平凡而高大的形象，自然也符合乡村传统的审美观。

大伙儿把三爷的二儿子，叫黑爷。

黑爷并不黑。不仅不黑，还生得白白净净，根本不像从黑土地里滚出来的娃娃。

可是，为什么叫他黑爷呢？

黑爷出生在一个伸手不见五指的黑更半夜。当黑爷呱呱坠地时，三爷对着天空估算时辰。黑咕隆咚的天空，如同抹了一层又一层的黑漆，见不着一丝一点的光明。三个月过去了，三奶奶督促三爷给孩子起名字。烦了，急了，上火了，三爷才连叹几口气，说拉倒吧拉倒吧，就叫黑子了。

看着白白净净的黑爷，三奶奶心想，这娃生得像个俊闺女似的，怎么给他起个俗不可耐的名字，委屈了。可是，三爷是个爷们，家里的顶梁柱，得让他说话算数，有尊严，有面子。再说了，叫小猫小狗的多去了，叫黑子怎么啦。

三爷家的辈分高，黑子的辈分自然也高得吓人。黑子上小学的时候，村里的好事者，就半开玩笑半认真地叫起了黑爷。黑爷不生气，很得意。白白的下巴上，闪烁着几颗白牙，继而将白亮的笑意，闪烁在白白的脸庞上。管它是黑爷，还是白爷，反正都是爷。别人一叫，黑爷竟应了下来。黑爷应一声唉不当紧，今生今世，黑爷这个光荣称号就戴在他头上了。三爷听到后，也没表示反对，只将一抹微笑挂在嘴边。

黑爷上学上到初中毕业，在我们那一带的村庄，屈指可数。

黑爷下学以后，队长就安排他当生产队会计。

正是吃工分拼劳力的年代。割草、拾粪、上工都要记分。上交、分粮、义务工皆要分配。亩产、单产、布票还要计划。队里少不了黑爷这样有文化的人。

村里的孩子们，对家里的最大贡献，就是割草。大人们干地里的重活，孩子们也不甘落后，沟塘渠边、田间地头，时常跳跃着他们的身影。

孩子们喜欢黑爷称草。黑爷不是板着脸，而是笑眯眯的。他将一筐草往称上一挂，秤砣还没站稳，便高喊一声：狗子十五斤，热闹十斤，二妮十一斤……。

年终一结算，孩子们挣到不少的工分。可是队长却犯起嘀咕，这些吃屎的孩子，怎么这么能？

队长喊来黑爷对账，说不对不对，我一年到头不缺工，才挣这么点工分。一个屁孩子家，怎么可能挣到那么多工分？是不是称草时有问题？

黑爷说，不会错的，每一筐草都是自己亲自称的，一分一毫都不会差。

看着几头瘦得风能吹走的牲口，队长的眉头拧得更紧了。

第二年，队长换人称草，只让黑爷记账，并且还安排一个监督的。年终一结算，可不得了，比上年少了近三千斤草。

队长差点儿将巴掌贴到黑爷脸上，说你小子，敢跟

流泪的花生米

老子耍心眼儿。这一句骂声一出口，立马戳了马蜂窝。三爷不愿意，村里的老少爷们也不愿意。他们指着队长的鼻子骂，你小子称老子，你老子还是个小子！你是谁的老子？说清楚，否则，打死你个小子！

队长被赶下台，黑爷当队长。那些饥荒的岁月，生产队里虽然亏了不少，村里却没有出去讨荒要饭的。

黑爷在方圆村子里出了名，上门说媒的踏破了门槛。三爷笑眯眯的，准备了瓜子糖果和茶水，随时在老榆树底下招待客人。当然，还要准备饭食。媒人说上半天，留下吃个便饭还是应该的。

黑爷不愿意，一心扑在生产队的工作上。一来二往，三爷怀疑黑爷心里有主了。问黑爷是不是在上学时谈了？黑爷急了，说哪跟哪啊。那时，还不时兴谈对象。

曾经闹过笑话。东南庄的乔家和西南庄的宋家，两家都有一个如花似玉的姑娘。媒人分别跑到她们两家，给黑爷说媒。本来，她们两家都觉得自家的姑娘不一般，自然高抬自己。媒人说，往北十里，有个叫黑子的小伙子，是个百里挑一的孩子。可是，她们两家都是急性子人，一听说黑子黑子的，双手都摆得像风中的树叶子似的，嘴里说算了吧算了吧。后来，黑爷定了亲，两家人一打听，原来是他，肠子都悔青了。她们两家互相猜疑，怀疑是对方捣的鬼，闹出不解的误会。

黑爷最后与人高马大的刘姑走到一起，两口子为人善良，在村子里口碑极好。

当然，刘姑和黑爷的感情很深，这是后话。

麻　爷

梗概：因为有了生理上的缺陷，麻爷的人生得到改写。与世无争的麻爷木讷寡言，拙朴勤劳，过着日出而作日落而息的生活。尽管人生中出现些许亮光，也是短暂的，微弱的。

麻爷脸上布满星星点点的麻子，具体有多少，谁也说不清楚。说起麻爷的麻子，三奶奶总是三缄其口。

麻爷来到世上时，让三爷高兴得一蹦三尺高。老榆树上的红布条子，三爷年年拴，拴了十来年，拴来了麻爷。三奶奶生下两个丫头片子后，终于盼来了麻爷。一家人的高兴劲儿，说也说不出口。

麻爷喜欢哭闹，似乎一刻也不得安分。三爷使出浑身解数，看了不少医生，吃了不少汤药，用了不少偏方，也没彻底将不安分的麻爷治利索。

有一天，麻爷继续哭闹，三奶奶率先发现了问题。麻爷的脸上星星点点，好像谁不经意撒下的火星子，一点一点的灰，一点一点的红。麻爷越哭闹，灰点子便越多越红。

三爷近前一看，心里咯噔一下子。坏了，这孩子是个麻子。

三奶奶的哭声压抑悲壮。祖上都是善人，从没干过恶事，老天爷怎么会给自家送来一个麻子啊。

随着麻爷一天天长大，麻爷脸上的麻子越来越明显。灰里透红的脓胞炸了之后，一个个坑坑洼洼的麻子活灵

流泪的花生米

活现。

三爷没让麻爷上学。上学又有什么用呢？三爷想，将来学个手艺，能混口饭吃，就阿弥陀佛了。

麻爷生性顽皮，没日没夜地在黑土地里疯狂。到吃饭的时候，三爷的喊声，如杀猪一样。

三爷家的人气旺客人多，平时三三两两的人们，集聚在三爷家门口的老榆树底下，到了年节，三爷家就像赶集一样。

三爷准备好瓜子、糖果和茶水，大伙儿嘻嘻哈哈地在一起讲笑话，谈收成。日子虽然清苦，却落个逍遥自在。冷不丁的，麻爷突然从人群里冒出来，从别人手里夺一杯冷水，咕咚咕咚地灌一气，用袖子往嘴上一抹，抢一把瓜子装进口袋里，迅速消失在庄稼地里。

三爷连喊几声唉唉唉，唉字还在嘴里打转转，麻爷就溜远了。三爷唉过之后说，不成器的东西，跟个贼样。

村子里经常丢些鸡啊鸭啊狗啊什么的。穷，家家户户都不容易。家畜家禽丢了，就等于碗里的东西丢了，口袋里钱丢了。

大伙儿怀疑是麻爷干的。可是，没有确凿证据。加之，碍着三爷的面子，谁也说不出口，骂不出口。而心里憋着气，不舒坦。

大伙儿的眼神，是逃不过三爷眼睛的。

有一次，三爷将麻爷捆绑在老榆树上，用使牛的鞭子抽打。麻爷牙口很硬，打就打吧，说什么也不承认自己干了坏事。大伙儿觉得皮开肉绽的麻爷可怜，一齐上去劝三爷，夺下三爷手里的鞭子。

公社成立粮站，三爷通过亲戚关系，送麻爷去打杂。

麻爷一夜之间，成了穿梭往返集镇和乡村的忙人。

麻爷见了村里人，说上班去。村里人虽然对麻爷有几分疑虑，但也多了几分肃然起敬。

麻爷干的是重活，往粮垛上堆粮食。一麻袋粮食，近二百斤。身子蹲下来，有人往肩上搁，再一步一步往垛上堆。麻爷整天灰头土脸，汗流浃背。好在麻爷有的是力气，力气没了，喝口水吃口饭还可以再长。只是麻爷放了工，会到沟里洗把脸，将一脸的麻子干干净净地从灰尘里清理出来，再精神抖擞地往家里赶。

麻爷成家之前，有一段不能不说的小插曲。媒人跑断了腿，姑娘家一打听是个麻子，连杀媒人的心都有。心里说，麻子还往我们家说，你家闺女咋不说给麻子。

三爷愁得很，一袋一袋吸旱烟。最后，还是媒人点子多，相亲的时候，让黑爷去。到入洞房时，换成麻爷。两亲家闹得鸡飞蛋打，即将惊官动府。

成了麻爷媳妇的小麻雀却说，算了算了，我这辈子就是他了。

小麻雀脸蛋儿红扑扑的，走起路来，腰身扭得跟蛇一样。

黑更半夜，从麻爷家的窗户里，能听到小麻雀欢快的叫声。大伙儿才明白过来，麻爷身强力壮，活好。

麻爷成了家，三爷又将麻爷弄回来。三爷说得有道理，粮站是个什么地方？国家的重地。麻爷的品行在那里，不放心。

麻爷丢了工作，对三爷反目成仇，逢年过节都不过去看一眼。

老榆树底下的热闹，麻爷视而不见。偶尔，他冲那个方向呸一口。

小 爷

梗概：接受着时代气息的熏陶，小爷已经从传统的农民形象中挣脱出来，他虽出生农村，却敢于接受和挑战新生事物，成为现代农村的弄潮儿。而他悖逆传统的行为，与固守的传统观念发生着激烈的碰撞并不悖理。

黑爷与刘姑过了而立之年，才有的小爷。

小爷随黑爷和刘姑的优点。白白净净的，随黑爷；长胳膊长腿，随刘姑。两口子高兴得合不拢嘴，整天乐哈哈的。

三爷更加高兴，从集上请来戏班子，在老榆树底下搭了台，咿咿呀呀唱了三天。《穆桂英挂帅》《打金枝》《七品芝麻官》，这些优秀的传统剧目，让庄稼人开心，扬眉，解气。

小爷没满月，刘姑就央求三爷给起个名字。三爷正准备请人算算命，黑爷不干了，放出话来，这名字非得自己亲自起不可，别人起得再好，他都不叫。惹烦了三爷，脚一跺，咋了，儿子反老子！村里年长的人过来劝，三爷才算熄了性子。

黑爷给小爷起的名字叫亮亮。意思是说长得亮亮堂堂，活得亮亮堂堂，将来做人做事都要亮亮堂堂。黑爷对大伙儿明说的是这层意思，其实，在内心里还有另一层意思。自己叫黑了一辈子，儿子不能再黑一辈子。多少有点反判意识，难怪爷儿俩差一点儿斗起来。

亮亮好学，脑子聪明。从村小读到镇里，从镇里读到县城。班主任老师对黑爷说过，这孩子如果没有什么闪失，上个一本应该没有问题。

黑爷干起农活，十分带劲。汗珠子流到地里可肥田，流到嘴里当糖吃，心里甭提多高兴了。

亮亮上高二那一年，出了闪失。与亮亮同班的一个女生，叫卫卫。卫卫是前卫的卫，做事也相当前卫。她喜欢白净帅气的亮亮，疯狂地追求着亮亮。亮亮的心思发生了根本性的变化，成绩急转直下聊天，眼看就触底了。

黑爷和刘姑吓得不轻，慌忙联合起来棒打鸳鸯。可是，事与愿违。有一天，卫卫和亮亮弃学私奔了，一路南下，直奔改革开放的前沿广东。

黑爷心说，完了完了，全家人的期望化作了肥皂泡，满目的彩虹化作了一头的雾水。

老榆树底下，大伙儿劝黑爷，当然也劝三爷。

五年后，大伙儿在老榆树底下，偶尔还会劝着两位爷，亮亮突然回来了。

亮亮开着小轿车，穿西装打领带，见人就发软中华。卫卫怀里抱个大胖小子，小子白白胖胖，见人嘴一咧，露出两颗小虎牙。

那一年的老榆树底下，异常热闹。亮亮摆了三十桌酒席，免费请全村的老少爷们。一时间，鞭炮齐鸣，歌声阵阵。黑爷和三爷的脸上都乐开了花。

从那一天起，村里的人喊亮亮小爷。亮亮辈分高，财大气粗，事业有成，再喊人家小名，实属大不敬。小爷小爷地叫着，小爷的名声就叫开了。

村里搞了多年的联产承包责任制，吃饭问题虽然解决了，口袋里还是瘪瘪的。

流泪的花生米

　　大伙儿心里急，开动脑筋想办法。想过来想过去，也没想出什么好办法。最后，大伙儿都觉得办法只有一个，让小爷回来，带领大家共同致富。

　　大伙儿先去做三爷的工作，让三爷出马做黑爷的工作。说小爷是新时代的人，有能力有见识有实力，带领大家奔上小康路。叫黑爷让位，让小爷当队长。

　　众望所归，黑爷也没办法，只好点头同意。三爷和黑爷一道，去做小爷的工作。

　　小爷回答得很干脆，可以是可以，但一切必须听他的，如果偏一点儿，自己就撂挑子。

　　镇里的一个主要领导听说了这件事，说让一个大老板当队长，太小了，要当就当村主任。现在，各级各部门招商引资都有硬任务，镇里也不例外。

　　小爷的确干出些名堂。先后办起了豆制品加工厂、楼板厂、花岗岩大理石厂。村里的人农忙下地干活，农闲进厂打工，收入成倍往上翻。

　　可是，在卖老榆树的问题上，三爷宁死不让步。

　　村里和镇里的干部，一起出面做三爷的工作，三爷还是不答应。为了防止万一，三爷将一张软床铺到老榆树底下。一根长牛绳，从树枝上吊下来。三爷说，谁动老榆树，他就吊死给谁看。

　　小爷一气之下，回了广东。

　　据说，小爷跟卫卫离了婚，又娶了一个如花似玉的90后。

　　只是据说，小爷走过之后没回来过，谁也没有亲眼看见过。

小麦雀

梗概：一个个性鲜明、敢爱敢恨的农村女性，对自己的命运有着执着的理解和追求。她外表强硬，内心柔弱，血液里流淌着母性的自由大爱之美。

小麦雀，四指长，娶了媳妇忘了娘。

这里说的小麦雀，不是娶了媳妇，而是嫁了丈夫。

三爷家与小麦雀娘家闹得僵持不下，两亲家争也争了，吵也吵了，骂也骂了，准备对簿公堂。

中间人站出来说话，两亲家别吵了，别闹了，人丢大了。打官司是好打的，公说公有理婆说婆有理，最后还不是各打五十大板。叫小麦雀出来说句话，从还是不从？从就从了，不从就不从了，各奔东西也不迟。

两亲家都点头，都说对对对，好好好。

小麦雀脸庞红扑扑的，好像抹了一层朝霞。她指着麻爷说，这辈子就是他了。

小麦雀的娘家人，人丢大了。什么相都出了，结果让自己家的闺女出了洋相，丢大人了。

娘家爹放出话来，这辈子这个家从此没有小麦雀。谁再提小麦雀三个字，砸断谁的腿！

一干人马都没面子，齐声附和，砸断谁的腿！然后，浩浩荡荡，偃旗息鼓，大败而归。

小麦雀哭了三天三夜，眼睛上长出一个红红的桃子。

麻爷锅前锅后，烧火做饭，端吃端喝；床前床后，铺床叠被，端屎端尿。

流泪的花生米

　　小麻雀在家里憋屈，出来时却昂首挺胸。大伙儿猛一见小麻雀，心说这麻爷家的？怎么跟没事一样？一开始，大伙儿走着躲着，害怕惹出是非。而小麻雀见一人笑一人，见两人笑一双，见老榆树底下的一大片人，仍然笑眯眯的。系在大伙儿心里面的疙瘩解开了，言语上也开朗大度了。有时，小麻雀从地里忙活回来，也凑到老榆树底下，跟大伙儿一起乐和乐和。晚辈人跟小麻雀开玩笑，说大爷的活儿好不好？小麻雀脸蛋红扑扑的，只笑不言语。

　　见到黑爷，小麻雀的脸上立马就变黑了。只要黑爷向老榆树走过来，小麻雀就收起笑容，扛着手里的家伙一扭一晃地离开。

　　黑爷心里有愧，觉得对不起小麻雀。当初，如果不是替麻爷着想，打死黑爷也不去相亲。在收上交粮的时候，黑爷给了一些减免。到了年关，上级下来救济粮，黑爷顶着压力，也优先给麻爷安排。

　　小麻雀却不领情，说黑爷良心坏了，能做好事？

　　有一次，在上集的路上，黑爷与小麻雀狭路相逢。黑爷笑眯眯的，叫一声大嫂。黑爷不叫还好，两个人装作视而不见，就过去了。黑爷一叫，好像火柴碰到了炸药，立刻便爆炸了。小麻雀恶狠狠地说，谁是你大嫂？猪吞狗拽的东西！

　　小麻雀一门心思扑在家庭上，扑在自家的庄稼地里。活干得好，地种得好，收成也格外好。小麻雀犁地、耕地、田间管理，样样在行。

　　村里的爷们，羡慕麻爷。说麻爷真有福，不仅娶个老婆，还娶个长工。娘们则不然，说看人家好是吧，跟人家过去。就小麻雀整夜大呼小叫的，看不累死你！爷们不搭腔，只把烟抽得狠，饭吃得猛，脚走得快，连吐口唾沫，都吐得硬。

午收的季节，娘们都下地割麦，爷们在场上扬场。麻爷家却反过来，小麻雀在场上忙活，麻爷下地收割。

镇上下来一个干部，专门指导午收秋种的，亲眼看到小麻雀扬场的一招一式，眼馋得不得了，便问村里随行的同志，这女的是谁家的？这么能干。

村里的同志嗓门高，大声汇报说，她啊，麻爷家的。

这一句麻爷叫得可不得了，如同向小麻雀扔一颗手榴弹。小麻雀扬场锨一扔，随手抄一把铁杈，向村里的同志冲过去。边冲过去边叫喊，他奶奶的，叫谁麻爷！

小麻雀最忌讳别人喊她当家的麻爷。村里的同志一不小心没留住嘴，差一点儿闹出人命。

事后，村里的同志当着三爷的面，直抡自己的耳刮子。我想喊大爷来着，怎么一出嘴变成麻爷了。三爷连忙制止，说没什么没什么。

小麻雀亲爹亲娘过世以后，两家的兄弟姐妹渐渐有了来往。

清明节，娘家的兄弟姐妹拉小麻雀去上坟，小麻雀不去。大家众口一词，好说歹说，才去了。

小麻雀在亲爹亲娘的坟上，哭得死去活来。小麻雀边哭边说，到底是谁忘了谁啊，分明是你们心最狠，把我忘了啊。

一家人哭得稀里哗啦，昏天暗地。

第二辑　尊严无敌

导读：世界上的生物都有自身的权利。植物有生长的权利，动物有行走的权利。作为高级动物的人，在其基本权利之上，还有更高的追求—人格。这些权利和人格，理应受到尊重。现实往往是残酷的，时常给尊严以无情的伤害和打击。所以，在斗争中衍生出许许多多扣人心弦的故事。故事不一而足，离奇古怪，耐人寻味，发人深省，值得思量。

我和陈麻子的协议

梗概：单身汉陈麻子是个闲人，安书记推荐他给我当护林员。其貌不扬的他，要求签协议。而他在执行协议时"做"手脚，为了教训他，我差点命丧于他的枪下。事实证明，我误会了他。

我承包了路南村的一段路林。为了保证树木的安全成长，必须物色一个负责任的护林人。

支书老安皱了皱眉头，嘴角吐露出一缕烟气。说，找陈麻子。

陈麻子？一个身材矮小，腰背佝偻而且略显罗圈腿的老头从我脑海里浮现出来。我问，是那个老杆（单身汉）陈麻子？

老安点了一下高昂的头，以示肯定。其实，我和陈麻子还有一段鲜为人知的交往呢。那一年，我到路南村支农，村里把我安排到陈麻子家吃住。但我除了在陈麻子老鼠乱窜的家里住了一夜之外，一口水都没能喝上他的。他还怒气冲冲地对我吼，我的嘴还没地方搁呢？哼！你……。后来，我主动提出走人，老安问我有什么不如意吗？我只是说没什么，不太习惯吧。所以，我对陈麻子的坏印象是根深蒂固的。

见我犹豫，老安似乎下定了决心。说，实在找不到人了。老安的话，犹如一把铁锤把我坚硬的犹豫击得粉碎。

见到陈麻子，他正在村头的槐树底下甩纸牌呢，与人争得脸红脖子粗的，像一只正在下蛋的鸡。

老安帮我说明了来意。陈麻子坚定地说，签个协议。

看来陈麻子的确是一个不好对付的主儿。然而反过来说，谁又说陈麻子是一个不负责任的主儿呢？

我和陈麻子的协议，顺理成章地在老安家的酒桌上完成了。大意是，我承包的路段上有三千棵白杨树，老安负责看护七年。七年之后白杨树成材，从东往西的二百棵就是陈麻子的了。为了更加体现协议对陈麻子的约束力，协议里又说，如果我树林里少一棵，就得从陈麻子二百棵里扣掉一棵。

流泪的花生米

协议签订后，我就去了南方，二三年不回来一次。我只是通过电话偶尔问老安一下。安书记，我的树长得怎么样了？每次老安在电话那头都兴奋地告诉我，今年又是风调雨顺，树旺着呢。怎么样？老朋友，我没骗你吧。老安之所以这样说，无非想让我再欠他一份人情。当初承包树林的时候，我是一万个不同意的。老安三天两头往我家里跑，床底下的陈酒让他喝得差不多了，我才同意。老安打着酒嗝儿，说，老弟啊，我包你赚！现在树木长得好，老安自然忘不了在我面前表功。

秋后，在老安的邀请下，我专门回家一趟。白杨树，果然长得茂盛。一棵棵秋杆粗的树，现在已经碗口粗了。但我发现了一个秘密，陈麻子的那两百棵更粗壮。我心里便犯起了嘀咕：我寄回来的化肥钱，难道都让陈麻子用在自己的树上了吗？

在探视树林的时候，我瞟了一眼跟在我和老安屁股后头的陈麻子。陈麻子的脸尽管土黑，但在那一刻却不由自主地红了几下。这样，更加坚定了我的心理判断。我心说，陈麻子，太不仗义了。

一连几天，我都是老安家的座上客。老安除了用家乡的土菜把我的肚子一天天塞大，还用一瓶瓶烈得让人龇牙咧嘴的烧酒，把我的脑子弄得糊里糊涂的。但有一条，我始终清醒，就是我的树和陈麻子的树。我花的冤枉钱呐。

我想，我不能便宜了陈麻子。陈麻子的嘴脸以及陈麻子家的老鼠，那段不愉快的记忆和现在这段不愉快的现实，让我睡不好觉。

一连几天夜里，我拎着老安家的柴刀悄悄消失在树林里。

第三天，我约上老安，当然还有陈麻子，清点了放倒的树，一共三十棵。按协议，属于陈麻子的树只有一百七十棵了。

我脸黑得像将要下雨的夜，没有一点儿星光。陈麻子呢？原以为经过教训的他会点头哈腰，可是他却暴跳如雷。

他说，好啊！是你在坑我陈麻子！亏我没一枪打死你。

原来，我每晚去砍树的时候，陈麻子拎只兔子枪就跟在我身后，他不知道我要干什么，才没有扣动扳机。

我吓出了一身冷汗。乖乖，为了教训这个陈麻子，差点儿没了命。

但我不能就这样没脸没皮地输给陈麻子。我就当着老安的面，把我的判断一股脑倾泻出来。

老安好一阵子没有言语，只是莫明其妙地苦笑。一会儿，他才把我拉到一边。他说，老弟啊，这件事儿我知道，我都批评陈麻子几次了，可陈麻子就是狗改不了吃屎。

我说，安书记，我难道冤枉了他陈麻子？

老安摆了摆手，示意他的话儿还没有说完。他接着说，陈麻子是把自己的屎尿不分白天黑夜都放到自己树里去了呢，村里的姑娘媳妇们都骂陈麻子是个缺德鬼呢！

我噢了一下。陈麻子呢，则蹲在地上抽泣了起来。

又过了几年，我的树成材了。同时，我的财富，在南方也迅速膨胀着。老安来电话说，老弟啊，树可以卖了，人家出了大价钱哟。

我说，安书记，你看着办吧，卖树的钱你留一半，

流泪的花生米

给陈麻子留一半吧。

老安连忙说，那怎么行？那怎么行？

我说，就这样说吧，我还有一份重要的协议要签呢。

说完，我不由分说地挂了电话。

找　人

梗概：凡事都要找人，已成为当今社会的病态。卖西瓜的老安遇到困难去找人，因为喊人小名，遭遇冷遇和白眼。而"我"也因为面子，失去了一个村庄。

老安把一车西瓜弄到城里，想卖个好价钱。有了这个想法，都源于儿子的录取通知书。那一串子关于钱的数字，逼迫老安要把西瓜弄到城里，卖个好价钱。

但老安旺盛的想法，还是被城管冷酷地浇灭了。城管说，你怎么能在街心花园广场卖西瓜？

老安仿佛说了一车的好话，也没能把自己的西瓜从城管手里弄回来。

老安就想到了我，我是老安在城里认识的唯一的人。老安曾在城管面前提起过我，但老安忘记了我的大名。老安说，他是科长哩。城管说，城里的科长，一个王八盖从天上掉下来一次能砸仨。老安不知道我的电话，却冒冒失失地摸到了我单位的大门口。

门岗问，找谁？

找孬孩！老安响亮地回答。孬孩是我的小名，老安就知道我这个名字。

门岗眼睁得像鸡蛋似的，嗨，骂谁呢？这院子里可都是国家干部。

老安知道门岗误会了，便慌忙递上一支烟解释。孬孩是我一个庄子的，他得喊我叔哩，我有点急事儿找他呢。

门岗的确不知道我就是孬孩。他只有再问，你说的孬孩姓啥？

王，姓王，还是科长哩。老安以为门岗想起是谁了，迭不连声地重复着自己的回答。

门岗犯难了。姓王的是大姓，姓王的科长这楼上楼下也有二十多，他说的是谁呢？又不能逐个打王科长的电话，问你是孬孩吗？不行，太不礼貌了，搞不好还得闹误会。

门岗只得又深入一步。他是哪里人？门岗问过这句话之后，才发现自己是画蛇添足。即使老安说出孬孩是哪里哪里人，自己也搞不清楚。最后，门岗采取了一个折中的办法，对老安说，就在这儿等吧，别眨眼，过一个人看一个人，还能瞅不着？

那天我正忙，组织部的陈部长来了。组织部长是个掌握政治命运的人物，单位上上下下都忙得屁滚尿流的。确切地说，那天我更忙。因为陈部长表面上是来考察工作，实际上是为了我的事儿来的。陈部长对我们单位的头儿说，小王这个同志不错嘛。年轻，有学问，又有干劲，是棵好苗子嘛。陈部长的话到此为止，就够头儿思索两天的了。陈部长说完这些话儿后要走了，谁也留不住。所以我跟在单位的头头脑脑们下楼送陈部长。陈部长说，别耽误了工作，工作最要紧嘛。但是这一条，我们没有听陈部长的，我们仍然坚持送陈部长。

流泪的花生米

那时老安正好瞅见了我，眼睛红红的，似乎要落下泪来。

无论他怎样跺脚使眼色，我还是没有注意到他，我的精力始终在陈部长那儿。老安急了，喊了句，孬孩！

我下意识地回了一下头，才注意是安叔。但这个时候我不可能理他。一来是陈部长即将出大门上车；二来呢，你老安喊我小名干嘛呢？你以为我的小名好听吗？嗯！因此我只回了一下头，便紧跟着送陈部长的队伍。

送走陈部长，我找不到老安了。老安仿佛是一滴豆叶上的露珠，一下子被风干了。

年底，陈部长交代我，小王啊，交给你一个重要的任务，把新四军在我县的活动情况收集一下。找一找你老家的老人打听打听，据说当年新四军就是在你老家一带频繁活动的。陈部长想出一本书，里面就缺这方面的素材。我满口答应。心里说，等我把材料收集上来，顺便再跟陈部长提一提我个人的事儿。

到了老家的村口，正好碰见老安。我笑脸相迎，叫了一声安叔。老安一改往昔的热情，只说了句王科长回来了，便挑着两只空桶下地去了。

回到家里，父亲见了我就开始数落老安。不知好歹的东西，小名是随便叫的吗！我说，爹，算了，村子里的老少爷们过去不都叫我小名吗？

此后的几天，我的材料收集得很不成功。大伙儿不叫我孬孩了，都叫我王科长。

我心知肚明，一个符号，让我丢失了一个村庄。

尊　严

梗概：孩子第一次看动画片，就被它迷住了。孩子在央求妈妈购买无果时，偷偷拿了朋友家另一个孩子的片子。朋友追问，妈妈威逼孩子，爸爸智慧地化解了问题，保全了孩子的尊严，影响了孩子的一生。

孩子喜欢看动画片《黑猫警长》。

孩子第一次在商场里看到《黑猫警长》的宣传片就被迷住了。《黑猫警长》就像一块磁铁，紧紧吸住孩子的眼球。妈妈来拽孩子，孩子嚷着让妈妈买。妈妈只是来逛商场，没打算买东西，没带钱。

妈妈哄孩子说，乖孩子，下次妈妈给你买，行吗？

孩子的生活里，多了一份期盼。

其实，妈妈根本不想给孩子买，妈妈只是哄哄他而已。妈妈想让孩子好好读书，将来能够考上大学，能够出人头地，能够改变人生的命运。妈妈想，无论再好的动画片，都会分孩子的心。分了心的孩子，不再好好读书，是妈妈不愿意看到的，更不是妈妈想得到的。所以，对于孩子一而再再而三的要求，妈妈只有一哄再哄。

朋友打来电话，让妈妈去吃饭。朋友在电话那头很兴奋，说，一年多不见了，怪想念的，来家里聚一聚。临挂电话之前，朋友又一再嘱托，带上孩子，啊！孩子该长高了吧。

妈妈带上孩子很快就到了朋友的家里。朋友家里正放着《黑猫警长》的片子，孩子的情绪一下子高涨起来，

流泪的花生米

孩子和朋友家的孩子很快就成了一对好朋友。两个孩子在电视机前叽叽喳喳，像一对快活的小鸟儿。

饭菜上桌了，朋友们一一落座。妈妈喊孩子吃饭，孩子像钉钉子似的纹丝不动。妈妈过来哄孩子，乖孩子，吃了饭再看，啊！孩子仍纹丝不动。孩子要看《黑猫警长》，吃不吃饭对孩子来讲十分没有必要。朋友的孩子则是一个听话的孩子，朋友的孩子在朋友的召唤下，马上就离开了电视机。朋友的孩子还在帮妈妈做工作，说吃饱了再看吧。吃饱了，我再给你重放一遍。孩子仍如一块大石头，没有人能够搬得动。这让妈妈很没有面子，妈妈的脸色变了，由白变红，由晴变阴。妈妈一怒之下，毫不留情地关掉了电视机。

孩子的眼眶里蓄满了泪，仿佛要一泻千里。

孩子那顿饭几乎没吃，孩子对一桌子的美味佳肴一下子没有了胃口。孩子的脑海里，翻滚的都是《黑猫警长》的画面。

过了两天，朋友又打来电话。朋友在电话那头吞吞吐吐的，似乎有话要说，又一下子说不出来。妈妈说，怎么了？有什么不好说的吗？你看你，咱姐俩谁跟谁啊？朋友才说，回家问问孩子，有没有拿《黑猫警长》片子，宝宝在家闹呢。妈妈嘴上说，不会吧？自己的孩子自己是知道的，孩子从来不拿别人的东西！朋友那边觉得不好意思，连忙解释，不要误会啊，只是问问。

妈妈的心里像被塞了一件东西一样，回家的脚步十分沉重。

妈妈一进门，孩子正在看《黑猫警长》的片子。妈妈的脸迅速红了起来，像被人抡了一巴掌。妈妈问，哪来的片子？妈妈的口气，像一块砖头，不由分说地砸向孩子。孩子正处在兴奋之中，被突如其来的妈妈，还有妈妈的脸色和口气，吓得喘不过气来。孩子只是有气无力地从鼻孔里挤出一句话儿，借宝宝的。

妈妈一下子明白了，孩子不是借的，是偷的。一想到偷这个字，妈妈的心就像被烙铁烙得一样疼痛。妈妈没有想到，孩子居然和偷字连在一起。妈妈泪水滂沱。

妈妈让孩子把片子给宝宝送去，并当面承认错误。

孩子不肯。

妈妈拿出一根棍。

孩子仍不肯。

孩子也泪水滂沱。

爸爸回到家的时候，母子俩正在对峙着。

爸爸买了一盘《黑猫警长》，偷偷送给了宝宝。爸爸没让孩子知道，也没让妈妈知道。爸爸只是撒个谎。宝宝的片子找到了，孩子的片子是他买的。爸爸对妈妈又重复一句，这孩子撒什么谎呢？明明是我给他买的，非说是借的？唉！爸爸的叹息声，慢慢打消了妈妈的疑虑。

后来，孩子成为一名优秀的人民警察。最令孩子骄傲的，是那枚全省反扒英雄的金质奖章在胸前闪闪发光。

少年的那段往事，始终让孩子心中隐隐作痛。如一颗豆粒儿，硌在孩子的屁股底下。

城市有他一条腿

梗概：二叔在城市的工地上丢了一条腿。城市对于无数个像二叔一样的民工，很快就被城市遗忘了。倔强

流泪的花生米

的二叔在城市撒了一泡尿，被城市人逮住了。城市人知道二叔的情况后，理解并敬重了二叔。

茶几上的电话，突然嘟嘟嘟地咆哮，吓了我一大跳。

自从用上手机，接上互联网，固定电话只是号码本上的一件摆设了。

那边传来一阵瓮声瓮气的声音，你是麻二华吗？

我说，是，我是麻二华，你是哪位？

那人并不回答他是谁，而是继续用那种沉闷的声调追问，你认识麻德水吗？

我脑子随着那人的问话，飞速地旋转。父亲叫麻德山，麻德水，好熟悉的名字。还没等我告诉那人，麻德水是我二叔。那种别样的声音急不可耐地跑过来，麻烦你到繁华世家来一趟。说罢，斩钉截铁地挂上电话。

繁华世家是这座城市一块高档的别墅区。那里青山环抱，绿水长流，四季如春，鸟语花香。进进出出的，不是宝马奔驰，就是达官贵人。

花上四十块钱的打的费，我轻而易举摸到了繁华世家。在繁华世家的保安部，轻而易举地见到一个高大黑猛的男人。男人说话的声音瓮声瓮气，仿佛无数只蜜蜂愤怒发出的抗议。凭借着这些蜜蜂，使我的寻找似乎也轻而易举。

旁边一个清瘦的保安，不失时机地介绍，这是我们的高部长。高部长很高傲，斜都不斜保安一下，只瓮声瓮气地命令我，跟我来！

穿过一个冗长黑暗的弄堂，我终于见到二叔麻德水。老人家靠坐在冰冷的水泥墙上，旁边放着他磨得油光发亮的不锈钢拐杖。那根拐杖仍然那样新，与三年前我送给他时几乎没什么两样。

三年前，二叔从工地的高楼上掉下来，摔折一条腿。当时，我大学刚毕业，从广东的一个城市，给二叔买了那根拐杖。我流着眼泪想，二叔虽然失去一条腿，但是要让他很有尊严地行走在纷繁的世界上。

二叔是个苦命人。小时候，他就有点智障，到了四十岁才娶到一个二手的四川女人。可是，那个二手四川女人跟二叔不是真心的，她放了二叔的鸽子。等挥霍完二叔不多的积蓄，并将他有限的家产弄到手，才用了三个月的时间。三个月短暂的光阴，二叔还沉浸在新婚宴尔的幸福里，她就卷起铺盖远走高飞了。

爹让我过继给二叔。爹说得入理说得悲伤说得可怜，他是你二叔，如今没什么指望了，老大，你过去，算你二叔还有那门人家。爹的意思，让我改口叫二叔爹，变成二叔的儿子。

而我的确不是二叔的儿子，怎么能叫他爹？况且，我爹不是好好的，不是远在天边近在眼前吗？

我眼睛里蓄满委屈的泪水，坚硬的自尊心令我的心肠更加坚硬。所以，至今我没叫过二叔半句爹。

走到二叔面前，我蹲了下来，叫一句二叔。

二叔放声大哭，哭声中带有淮北人的憨厚和倔强，同时夹杂着诸多的痛苦和无奈。

帮二叔擦去鼻涕和眼泪，自己的眼泪却十分不争气十分不给面子地流了下来。

高部长却将我拉到一边，反剪双手训斥我。我说，不是我说你，看样子你像个国家干部，怎么能让老人做那样的事？

流泪的花生米

　　我本想责问他的，怎么把我二叔弄到这里？又怎么如此对待一个残疾老人的？没想到，他先声夺人。

　　我瞪着他说，高部长，我二叔怎么了？他做了什么事？

　　高部长点上一根烟，独自吸着，随着口吐莲花慢慢道来。今天早上，我们隆重举办繁华世家入住三周年庆典，这位老人在众目睽睽之下撒尿，我们劝阻他不听，还理直气壮地嚷嚷，老子就在这撒泡尿怎么了！

　　他说我二叔在众目睽睽之下撒尿，怎么可能？虽然他有点智障，只是一点点，人生时光中百分之九十九都是清醒的，在我们老家，从来没发生过出格的事情。

　　高部长再次点头肯定说，有许多人可以作证，他坚持撒完一泡尿后，还让我们还他一条腿。

　　还他一条腿？

　　我将目光投向二叔，二叔旁边的拐杖在灯光下熠熠生辉。

　　与二叔目光相撞的那一刻，二叔眼睛里注入无比的愤怒。二叔突然一条腿站起来，哆嗦的右手指向窗外的蓝天河东狮吼，老子就是从那里摔下来丢的一条腿！

　　原来，二叔是在繁华世家丢的一条腿。我向高部长介绍了二叔的过去，包括在建设繁华世家的时候失去的一条腿。

　　高部长开始激动，瓮声瓮气的语调中带有几分颤抖。

　　那天，繁华世家的老总在本市最好的酒店宴请了我和二叔，并且以偌大的繁华世家为背景，与我们叔侄二人合影留念。

　　二叔坚持去车站，坐车回家。望着二叔有些拙劣滑稽的背影，我高喊一声爹，我就是你的一条腿。

二叔折回头，猛然露出满口跳跃的黄牙，而后笨鸟一样消失在城市杂乱无章的烟云里。

支前英雄

梗概：我爷爷在支前这个问题上，表现得灵活机智。我爷爷出牛、出车、出粮食，让组织打个借条。本来出于私心的他，阴错阳差成了支前英雄。

淮海战役的主战场，距离我爷爷的村庄，不足百余里。

我爷爷的村庄，叫扁担王。从清朝开始，一直叫这个名字。淮海战役一打响，扁担王就成了大后方。

大后方组织的宣传队，一个村庄一个村庄的号召，一家一户的动员。为了打败国民党，为了解放全中国，为了解放全人类，大家要有智出智有力出力。

一部分人家不为所动，一部分人家仍在犹豫不决。对于谁打败谁，谁当老子谁当孙子，许多人没去多想。他们想得最多的，就是祈盼战争早点结束，安安稳稳过日子。

有些人家开始把牲口藏起来，牵到离大后方更远的亲戚家。有些人家卸下车轮，滚到红芋窖里。还有一些人家，将尚好的木板门换成弱不禁风的柴门。

我爷爷托着大烟杆，吸着呛人的旱烟，穿过行人稀少的村街，来到贴在墙上的一张大红纸下。

流泪的花生米

我爷爷对着大红纸说，我家支前！

我爷爷送来一头牛，一辆车，两袋小麦，四袋红芋干子。

组织上给我爷爷打了一张借条，盖上鲜红的大印。

我爷爷将借条吹了又吹，确认印泥干了之后，才小心翼翼地叠上，揣进口袋。我爷爷似乎十分放心地转身离开，组织上的同志喊住他。大爷，您慢走一步。

我爷爷回头，吃惊不小。

组织上的同志将一朵大红花，披在我爷爷肩上。我爷爷阳光灿烂地穿过村街，豪迈地走向自己的家门。

前方的战斗，打得十分惨烈。隆隆的炮声，随着乌云从北边飘过来，乌云里带有明显的硝烟味儿。

我爷爷几乎每天都蹲在村东头的老榆树底下，等待着他的牛和车的归来。我爷爷闻着乌云里的味道，脸庞上笼罩着浓重的乌云。

我爷爷有时稍微站起来，就能清楚地看到担架上躺着的伤兵。有的少了腿，有的少了胳膊，还有的一身鲜血，叫唤得比杀猪宰牛还凄惨。

我爷爷的心里十分难受。那些伤兵，还很小，嘴上没毛，脸蛋上的肉还嫩滑滑的。

在我爷爷的心里，他的牛和车就淡了许多。

我奶奶喜欢唠叨，是个唠叨嘴。她老人家一天到晚不停地怪罪我爷爷，假积极的东西，牛炸死了，地怎么种？娃怎么活？

有一天，从村东头回来的我爷爷，摔了碗，砸了锅。狠狠地在我奶奶的嘴上，贴上一巴掌。我爷爷一定想，叫你说，巴掌封上嘴，还叫你说。

我爷爷一向对我奶奶很好，一生总是宠着她让着她。

否则，也不会惯她成为婆婆嘴。只是看到那些伤兵，我爷爷的恐惧和愤怒，实在找不到可以发泄的地方。

我爷爷的车被炸得支离破碎。我爷爷的牛被炸死后，成为部队一顿丰盛的晚餐。这些消息，我爷爷是后来才知道的。战场转移了，支前大后方的组织解散了。他们临走告诉我爷爷，借条收好，政府会还的。

土改开始了，我爷爷手里有百亩地，初划为地主。

我爷爷不服，将政府的借条拿了出来。土改工作组的人你看看我我看看你，答应为我爷爷重新量地。一年后，我爷爷的成分由地主改为富农。

之后的岁月证明，我爷爷享受着富农与地主不同的待遇。

我爷爷临终前，把我叫到他跟前，颤抖着伸出苍白无力的手，将政府的借条交给我。他最后一句话说，孩子，留着它，将来有用。

县里建起博物馆，我将我爷爷那张发黄的借条捐了出去。

借条被装在玻璃柜里，两组白炽灯光牢牢地钉在上面。

下面备注一行小字，支前英雄王二旦所存。

王二旦就是我爷爷。

飞　镖

梗概：我爷爷身上的传奇，从一支埋藏多年而重见光明的飞镖开始。一个个关于飞镖的传奇故事，充满了

流泪的花生米

对我爷爷无比崇敬，哪个真哪个假？谁能说得清楚？

我爷爷寿终正寝，享年 93 岁。

我爷爷走时，一脸安详，眉宇之间凝固一股英气。

三个月后，我和我爸爸翻盖了我爷爷居住的房子。在我爷爷曾经下榻的土坑下，挖出一枚飞镖。

飞镖铜质，长足半尺，尖有三角，角角锋利。曾经的光芒，已被流逝的岁月遮盖，而今呈青灰色。暴露在新鲜的空气中，散发着缕缕酸腐的味道。

小时候，我就是躺在我爷爷充满酸腐味道的怀里，听他讲述飞镖传奇故事的。

清朝末年，我爷爷在南山镖局当差。整个镖局，数我爷爷年龄最小。不过，我爷爷不仅聪明，而且有一身好轻功。所以，镖局十分看中我爷爷。有了重要的差使，镖头就让我爷爷跟随左右。

镖局接到一个大单，押送一批军粮到寿州。正是草长莺飞的季节，崇山峻岭之间暗藏着杀机。

有一天夜里，车马队伍经过一天的鞍马劳顿，在凤台境内的一个密林边歇息。半夜时分，林间突然灯火通明，寒光闪闪，一队劫匪将车马粮草团团包围。

为首的匪首，骑着高头大马，手执一柄长刀，嘶哑着嗓子吼道。识相的，留下车马粮草走开！否则见一个杀一个，见一对砍一双。

双方将对将，兵对兵，一片混战。

经过三十多个回合的激战，镖头左臂受了重伤，眼看着劫匪马上占了上风。这时，我爷爷眼疾手快，一镖封喉，将匪首斩于马下，众匪惊慌失措，一哄而散。

镖头刀伤有毒，一病不起。临终前，推举我爷爷做了南山镖局的镖头。

我爷爷说到这里，还下意识地握住我幼稚的拳头，仿佛他手里握住的，是他声名远播的飞镖。

我爷爷讲述的第二个故事，是关于他比武招亲的。

民国初年，我爷爷在寿州一带颇有名气。所到之处，无不受人追捧。

有一天，我爷爷顺利押解一批布料到寿州后，闲来无事，带几个弟兄到城隍庙里溜达。

那天，赶上广场正举行一个比武招亲大会。寿州城米行老板吴员外，为千金吴小姐选配夫婿。各路豪杰为了抱得美人归，大显身手，各显神通。

擂台上拳来脚往，擂台下人头攒动。我爷爷手痒，脚痒，浑身都痒。突然，他身轻如燕，三步并作两步，飞上擂台。半个时辰下来，无论是南拳北脚，还是武当少林，居然没有一个是我爷爷的对手。

我奶奶那时正躲在台后，对我爷爷一见钟情。

我爷爷说到我奶奶，话语作了一番长久的停顿，眼睛里闪烁着星星般的泪光。

我奶奶长得什么样？我没亲眼见过。我问过我爸爸，我爸爸告诉我，他一岁时就没有了我奶奶。

我爷爷还没将我爸爸养大成人，日本人就进了中国。

日本人漂洋过海，占领东北，一路烧杀抢掠，很快就打到寿州。

我爷爷带着我爸爸回到乡下，本想远离战火，图个安逸，安安稳稳地过日子。

可是，日本鬼子不仅进城祸害，还进村糟蹋。

有一天，我爷爷所在的村庄，来了一队日本兵。

日本兵叽里呱啦，先将乡亲们赶到晒场上。然后，

流泪的花生米

挨家挨户，见鸡逮鸡，见牛牵牛。回头，围着几个漂亮媳妇，发出淫荡的笑声。

我爷爷气愤至极，一镖飞出去，扎在一个日本哨兵的喉咙上。我爷爷大喊一声，乡亲们，跟小鬼子拼了！

乡亲们在日本鬼子的机枪扫射下，一个个倒下了。我爷爷命大，活了过来。

我爷爷喃喃地说，为了我爸爸，他要活着。

我爷爷活到 93 岁，寿终正寝。

我对正满头大汗的我爸爸说，这个飞镖，是我爷爷的。

我爸爸愕然。你该不是想爷爷想疯了吧？你爷爷怎么可能有飞镖？

我对我爸爸正色道，爷爷的故事里，全是他的飞镖。

我爸爸笑了，而且笑得很丑很难看。笑过之后，我爸爸说，你爷爷要了一辈子的饭，怎么可能有飞镖！

我睁大眼睛问，我爷爷要饭？要一辈子饭？

我爸爸点头称是。

他怕我不相信，还将左腿裤角拎起，露出一块旧伤疤。我爸爸指着伤疤说，这一块，就是你爷爷领着我一起要饭，被狗咬的。

我说，我不信。我是在我爷爷的飞镖故事中长大成人的。

我还问过村里年长的三爷，三爷抖擞着下巴上的胡须，眼睛十分迷离地说，听说，你爸爸是你爷爷捡来的。

奇怪了。这支飞镖不是我爷爷的，它是谁的？

我抚摸着脚下的泥土，温润而苍凉。

复　仇

梗概：瘸了一条腿的我爷爷重回山里。看似告老还乡的他，正在酝酿一个宏大的复仇计划。打鬼子，求解放，到处都是像我爷爷一样老一辈革命家的战场。

我爷爷从山里走出去，四肢健全，体格健壮。回来的时候，瘸了一条腿。

之后，我爷爷走路，一上一下，一前一后，一左一右。崎岖的山路，被他走得更加崎岖。

山里人一脸惊愕地询问：志远，你的腿？

我爷爷笑了笑，望了一眼远处的山林，淡淡地回答，哈，没什么！

我爷爷继续往前走。一上一下，一前一后，一左一右。山里人摇了摇头，心里说，可惜了。

之前，我爷爷十分强壮。打猎、砍柴、开山、摔跤，样样是山里的一把好手。

我爷爷回到山里，靠砍柴为生。山里的柴多，再无用的人，都能混口饭吃。

我爷爷将柴打到家里，分成三六九等，一堆一堆码放在院子里。不好的柴，我爷爷弄到山下的镇上卖掉。上好的柴，我爷爷把它们统统放在水里，日日夜夜地浸泡。

山里人多有不解。背地说我爷爷腿坏了，脑子也坏了。

好柴能卖上好价钱，好价钱能换得更多的钱，更多

流泪的花生米

的钱能让人吃饱穿暖，日子过得滋润。志远这孩子，中了哪门子邪？脑子真是进水了。

我爷爷不听劝，只是笑笑，依然我行我素。

鬼子已经进驻镇上。据可靠消息，等来年开春，就执行一项叫"猎狐"的剿山计划。

山里山外，人心惶惶。安稳的日子，看来不长了。

山里的人家，在山外有奔头的，早早选择离家出走。

我爷爷没走，依然每天上山打柴，下山卖柴。我爷爷打来上好的柴，仍然浸泡在水里。

好心的山里人，劝我爷爷。志远，走吧，最好远走高飞。等鬼子进山了，恐怕柴也打不成了。

我爷爷面对山外，嘴角露出一丝不易觉察的笑容。

我爷爷开始将泡在水里的柴，捞出来，放在阴干处，风干。

雪说下就下，而且越下越大。漫山遍野，几乎一夜之间，苍苍茫茫。

雪停了。

天晴的一天，一队鬼子来到山里，来到我爷爷跟前。

我爷爷吸着旱烟，阴着脸，不说话。

领头的鬼子，在我爷爷跟前来回踱步。突然一转身，抽出军刀，对准我爷爷的胸膛，恶狠狠地吼叫，你的，将柴送到山下，皇军烤火的干活！

天虽然晴了，但是很冷。尤其是夜深人静，出奇的冷。山风吹到山下，全镇几乎关门闭户。

我爷爷将两个指头伸出来，做着数钱的动作。

鬼子将军刀收起来，一阵哈哈大笑。鬼子说，柴送到山下，钱大大的有。

我爷爷将柴十分费劲地弄到山下，送到鬼子军营里。

送完柴，我爷爷从镇上无声无息地消失。

知情的镇上人，跺着脚骂我爷爷，狗汉奸！

第三天，鬼子们烧着我爷爷送的柴取暖，便东倒西歪地熟睡过去。

山里的游击队，如下山的猛虎，一举歼灭了山下的鬼子们。

传说，我爷爷的柴是浸了毒药的。

传说，我爷爷还是一名神勇的游击队员。

有的人相信，有的人不相信。

再去找我爷爷，已经不见了我爷爷。

开春，满山的密林郁郁葱葱。风吹过，响起神秘的哨声。

将军完婚

梗概：将军当年在执行任务时，遭遇了日本鬼子的围追堵截。为了使将军脱险，老者临危不惧，大仁大义，将女儿与将军赤身裸体安排在一起。将军一生未婚，却说自己已经完婚。

历史已蒙上一层厚厚的灰尘，将这件事的真相死而复生，我费了九牛二虎之力。

涡河县志上有这样一段模糊不清的记载：1940年一个夜半，在日本佐佐木宪兵大队的追赶下，将军逃到了马家洼子。将军遂与当地村姑无名氏完婚，由此躲过一劫，保住了光耀历史的将军。

流泪的花生米

　　我敢肯定，写县志的人是个糊涂虫。时间、地点、人物、事件，这些至关重要的关键词，都跑到哪里去了？

　　但是，将军完婚这个重大历史事件，关乎将军的历史，关乎涡河县的历史，也关乎整个大别山革命老区的光辉历史。无论花多大的气力，都必须将历史还原本真。

　　怀揣着一颗敬畏历史和对历史高度负责的责任心，我开展了前前后后三年半的历史调查。

　　当三年半后的一缕晨光照耀大别山的时候，这个重大事件像大地一样逐渐明朗清晰。

　　事情是这样的。

　　1940 年冬天的一个后半夜，将军在涡河集（现为涡河县城关镇）暴露了。日本驻涡河集宪兵三大队，在队长佐佐木的亲自带领下，展开了对将军的围追堵截。

　　密集的枪声穿过寂静的夜空，向将军扑来。一队火把连成一片，将漆黑的夜晚弄得支离破碎。将军从大路转进小路，从小路转进庄稼地，左躲右闪与飞驰的子弹做着游戏。

　　当将军闪进一个叫马家洼子的村庄里，骑在高头大马上的佐佐木，凶狠的脸上露出狡黠的笑容。

　　对于马家洼子，佐佐木是比较熟悉的。在宪兵三大队会议室悬挂的作战地图上，它是一个三面环水的小村庄。

　　将军已经进入马家洼子张开袋口的口袋里。

　　佐佐木下令，挨家挨户地搜查，抓活的！

　　马家洼子，这个只有三十来户的村庄，顿时鸡飞狗跳。

　　日本兵点燃两堆柴草垛，马家洼子亮如白昼。

　　随着一个个日本兵没有发现目标的报告，佐佐木收起笑容面含凶光。他气急败坏地跳下战马，手舞军刀，亲自搜查。

老者刚刚将一扇木门掩上，佐佐木带领一队日本兵闯了进来。

翻译官狗一样窜过来，一把抓住老者的衣领，嘴里不干不净地吼叫，老不死的，家里还有什么人？

老者回答，三口人，老者，女儿和女婿。

佐佐木大手一挥，日本兵饿虎一样向堂屋扑去。

堂屋里间的一张木床上，将军赤裸上体蜷曲一团。一床不厚的棉被下，另一个蜷曲一团的身体瑟瑟发抖。

佐佐木想用军刀挑开棉被，老者双膝跪地，高声哭喊，长官，使不得啊。

佐佐木将老者一脚踢开，叽里呱啦一阵狂叫，手中军刀寒光一闪，两具裸体拧在一起。

佐佐木的涡河集宪兵三大队，无奈撤出马家洼子，一路往寿县方向追去。

昏暗的灯光下，堂屋里坐着三个人。老者抽着烟，女子流着泪，将军一脸红晕。

老者说，你娶了她吧，她还是黄花大闺女。

将军不说话，一直沉默着。将军不能答应，他的任务没完成。

老者抽着烟，脑海里过滤着过去不久的一幕。

将军气喘吁吁地推开老者的木门。将军说，大爷，我是彭雪枫将军的部下，日本兵追上来了。

老者一把将将军摁在被窝里，喝令将军和他的女儿，脱光衣服！快！

将军跪下来，承诺等抗日胜利了，如果他还活着，一定迎娶女子。

流泪的花生米

　　抗战终于胜利了，将军已是团长。将军率领本部，找到马家洼子。马家洼子，已夷为平地。

　　将军脱下军帽，默默无语，潸然泪下。将军告诉全团将士，他的妻子在马家洼子为了中华民族牺牲了，她叫无名氏。

　　组织上给将军安排婚姻，将军死活不同意，坚持说自己已经完婚。

　　将军戎马一生，无后。

　　历史永远记住了将军，和他鲜为人知的婚姻。

孩　子

　　梗概：张三和李四家都有一个同在一个班上学的孩子，可是孩子与孩子差距很大。孩子成绩好的张三非常自豪，孩子成绩差的李四非常自卑。阴错阳差，最后好孩子却给差孩子打工，真是世事难料啊。

　　张三和李四对门对户。

　　张三的孩子和李四的孩子又同在一个班。

　　张三和李四原来都在一个厂。后来，厂垮了，张三和李四也都下了岗。

　　张三的孩子成绩好，李四的孩子成绩差。

　　李四在张三面前抬不起头。有一次，张三对李四说，我们这一辈子算完了，秋后的蚂蚱蹦不动了。往后啊，就得过孩子的日子了。张三说过之后，大嘴一咧笑了笑，露出两排参差不齐的黄牙。

　　李四觉得张三在嘲笑自己，李四的腰在张三面前就弯了许多。

　　李四常拿张三的孩子教育自己的孩子。看看人家，同样是孩子，你怎么学的？你就不能不吃馒头蒸（争）口气？李四一开始气，后来像是祈求自己的孩子。

　　李四的孩子觉得很委屈，眼泪便在眼眶里打转转。孩子暗下决心，一定要撵上张三的孩子。

　　晚上，张三家的灯亮，李四家的灯也亮。张三家的灯不亮了，李四家的灯还亮。

　　仿佛是追太阳，李四的孩子永远撵不上张三的孩子。张三孩子的成绩还是好，李四孩子的成绩还是差。

　　过几年，张三的孩子考上大学，李四的孩子名落孙山。

　　张三的头昂得像匹马，而且曲不离口。李四的头耷拉得像只瘟鸡，在张三面前连咳嗽一声的勇气都没有。

　　张三便把憋在肚子里的火泄到孩子身上。他带孩子去打工，啥活儿脏他就让孩子干啥活儿，啥活儿累他就让孩子干啥活儿。

　　孩子毕竟是孩子，在李四跟前，孩子是弱势的、被动的和屈从的，而且又是无法反抗的。孩子也只有拼死拼活地干，才能换取自己在父亲心目中的位置。

　　孩子是个不错的孩子。孩子从汽配车间的小杂工干起，之后修理工，之后技术员。后来自己单打独斗开个修理部，再办修理厂，自己也成了一个名副其实的小老板。

　　张三的孩子转眼就毕了业。那段时间，张三像苍蝇似的到处乱飞。张三为孩子的就业问题焦头烂额。

　　无可奈何的张三找到李四，李四又找到自己的孩子，

流泪的花生米

张三的孩子才到李四的孩子的厂里打工。

张三的孩子吃不了苦，况且在大学学的东西也用不上。李四的孩子便十分气愤，还大学生呢？杀了吃都不香。

李四的孩子气得嘴歪眼斜找李四，说八个好，也不能让张三的孩子在厂里待了。

李四把饭桌敲得山响，斩钉截铁地说，那不行！都是老邻居，抬头不见低头见的。就是他啥都不能干，也得养着他，他总还是个大学生吧。

李四的孩子无可奈何，就等于养着张三的孩子。

张三在李四面前腰弯了许多。

李四拍了拍张三的肩膀，大嘴一咧笑了笑，露出两排参差不齐的黄牙。

相　亲

梗概： 年纪老大不小的我爷爷，终于等来了一个相亲的机会。可是，对方戏耍了他，我爷爷由此背上命案。远走高飞的他，迎来重生的曙光。

我爷爷三十二岁，尚无婚配。

我爷爷个大，身板挺直，面相善良。只是穷。家里兄弟多，吃穿不济，穷得叮当响。

我爷爷的爸爸，也就是我的祖爷爷，曾经劝过我爷爷，上东北，或者下西北。

我爷爷不干。我爷爷仰着头跺着脚，对天发誓，死也要死在淮北平原。

我爷爷传承了祖爷爷的衣钵。可是，祖爷爷跟我爷爷对生活的态度和自信差远了。在一个风雪交加的夜里，祖爷爷通过上吊这个古老的方式，解脱了与苦难世界的纠葛。

我爷爷百无聊赖，面对少得可怜的几亩薄地，整天游手好闲。

有一件事，差一点改变了我爷爷的命运。

我爷爷的姐姐，想尽千方百计，托一个上好的媒人，给我爷爷物色一个冤家。

冤家三十岁，比我爷爷小两岁。与我爷爷不同的是，冤家已有十年的婚史。

这也没有什么，关键冤家不是一般的冤家。冤家漂亮，有沉鱼落雁之美。

冤家二十岁就嫁到孙家。孙家是个大户人家，官居五品。冤家虽为妾室，但不失风光。

可惜的是，冤家嫁入豪门后，随着时事的变迁，孙家日渐没落。

官人连遭陷害，得了肺痨，死于英年。

冤家本身就是小妾，且出身贫贱，官人没落之后，回到娘家，整日以泪洗面。

有心人暗中撮合，媒人将冤家介绍给我爷爷。

我爷爷满心欢喜，将一脸的喜色，藏于宽阔的胸怀。

我爷爷东借西凑，经过一番刻意打扮，穿着整齐，欢天喜地地去见冤家。

冤家用了一个时辰的光景，哭哭啼啼，一副十分委屈的样子。

以泪洗面的冤家，让我爷爷心醉沉迷。我爷爷从没

流泪的花生米

见过如此美艳的女人，更没见过如此痴情的女人。我爷爷的心里，如同装进一百只小兔子狂跳不已。

媒人早将双方的情况，暗中作了分析比较，跑前跑后，胸有成竹。看来，这喜酒，喝定了。

冤家擦干泪，齿白唇红。

冤家说，只要你答应我一件事，我就从了。

我爷爷心跳加速，一脸晕色。我爷爷心想，只要你从了，答应你一万件事都行。

冤家说，把知府白一品打残了。

我爷爷立即蒙了。白一品，他不知道。可是知府，他心里清楚。

我爷爷斗胆问一句，为什么要打残白一品？

冤家告诉他，是白一品害了她家官人。官人曾与白一品同朝为官，可是白一品不是人！

我爷爷没头没脑地答应了下来。

我爷爷找到了我二爷爷。

我二爷爷说，你是不是疯了？白一品是谁？白一品是你可以打残的吗？

我爷爷不明白。白一品不是人？是人不能够打残？

我二爷爷不愿意帮忙。我爷爷从此与他反目为仇。

我爷爷沿着古运河，上杭州下苏州。在苏州的一家武馆，住了下来。

我爷爷渐渐发现，这家声势浩大的武馆，虽然学徒众多，但能为馆主赴汤蹈火者寥寥无几。

我爷爷打杂，什么脏活累活，我爷爷都不在乎。

馆主捻着下巴的一绺白须，喜上眉梢。有一天，他问我爷爷，想留下来？

我爷爷双膝一跪，说出了原委。

馆主说，好了，这小事交给本馆了。

我爷爷抑制不住心头的激动，一路风餐露宿，匆匆忙忙连夜见到冤家。

冤家说，你打错人了。我说的是百一品，你打的却是白一品。一字之差，你真窝囊！

冤家还说，我让你打残百一品，你却打残白一品，这样你不是完全暴露了吗？你真愚蠢！

我爷爷自知罪孽深重，在劫难逃，当夜就逃亡东北。

我爷爷就像空气一样，从淮北平原上消失得无影无踪。

媒人自知理亏，埋怨冤家。你不愿意就算了，为什么要害人家！

冤家倒十分委屈。哭哭啼啼地说，是谁害了他？他也不去问问，我说得是真是假？他算什么男人！

我爷爷去了东北，先当土匪，后走上抗战的道路。

千年龟王

梗概：阿根祖祖辈辈讨海，祖祖辈辈在自己祖国的领海里讨海。在遭遇骚扰时，阿根想起了曾经打捞的一只龟王。他千辛万苦寻找龟王，就是为了证明这里本来就是属于自己的地方。

阿根祖祖辈辈都是忠实的讨海人。阿根是，阿根的父辈是，阿根的祖辈是，阿根的太祖辈也是。

没有什么不好。阿根觉得，正是海，宽阔无垠的大

流泪的花生米

海，才是自己生活所在，生命所在。

比起父辈祖辈们，阿根幸福多了。阿根在海岸有楼房，有汽车，有贤惠能干的媳妇，有一双花朵般鲜艳的儿女。

儿子和女儿在宽敞的教室里读书。琅琅的书声随着海风，飘进阿根的耳朵里，阿根的耳朵痒着痒着就开满花。

阿根出海。有时哼着曲儿，有时唱着歌儿。讨海的人们说阿根的歌唱得不好听，有杂音。阿根唱给媳妇听，阿根问好听不好听？媳妇甜甜一笑说，好听。

阿根就唱。只要媳妇说好听，他就唱。讨海的人们摇头晃脑，笑阿根痴。

那一次出海，阿根的船随着汹涌的海浪，飘到远方。阿根紧张、害怕、恐惧。阿根想着岸上，心里更加紧张、害怕、恐惧。

终于风平浪静。阿根的船泊在海上，白白的云和蓝蓝的海连在一起。阿根在心里感叹，太美了！阿根不仅见识到他一生没见到的美，还收获了一只海龟，一只长着绿毛的海龟。

阿根回到岸上，连同那只海龟。老大问阿根，在哪儿逮住的龟？

阿根昂着头，手指向大海深处，在那块美丽的海上。手指深处，阿根用去七天七夜的时间。

海龟背上刻有"乾隆"两个大字。字已随着龟背的放大而放大，字迹虽模糊，却清晰。

老大说，阿根，你小子真有福。这是乾隆年间放生的龟。

放生的龟？阿根的眼睛里，放射出奇异的光芒。同时，阿根的心里，坚定了自己的想法。

阿根在海岸大酒店举行了一个小而隆重的仪式，放生了那只海龟。老大红着脸说，阿根，你做得对！

阿根再出海时，脑袋里多了一个念想，那只由他亲手放生的海龟。阿根想，神龟啊，如果有缘分，我们还会再见面的。

阿根去了大海的深处。

阿根遇到一伙强盗。强盗叽里呱啦，说着夹生的中国话。阿根费了好大的劲儿，才弄明白他们的意思。他们说，阿根侵犯了他们的领海。

阿根当然不服气。阿根告诉强盗们，这里本来就是我们的领海。阿根还说，有神龟作证。

神龟呢？强盗们讥笑阿根。

阿根对着泛着浪花的大海，喊神龟，出来作证。大海深处，处处泛起密集的浪花。

强盗们仗着人多势众，掠夺了阿根的整仓鱼。

阿根想，等找到神龟，一定让他们还！这些无耻之徒！

阿根上岸，见到老大。老大气得浑身发抖。阿根跟老大说，我阿根如果找到神龟，老大愿不愿意跟我一道讨个说法？

老大在阿根的胸膛上擂上一拳回答，不去是龟孙！

终于有一天，在大海的深处，阿根逮住了那只海龟。海龟的后背上，乾隆两个大字虽模糊，却清晰。

老大却在远远的岸上。阿根顾不得那么多，载着海龟，继续往大海深处泊去。

那伙强盗，就像苍蝇闻到肉香，他们很快将阿根包围起来。

流泪的花生米

阿根高声喊道，神龟在此，休得无礼！

强盗们上了阿根的船，围观海龟。阿根义正词严地说，这就是我们乾隆爷留下的证据。

强盗们哈哈大笑。为首的强盗叽里呱啦地说，这些后背上有符号的海龟，我们不知煮了多少吃。味道嘛，还不错。

强盗们开始对阿根下手了，阿根手中的鱼叉寒光闪闪。

远处，一艘大船正急切地往这边驶来。船头的上方，飘扬着红红的旗帜。

大海，在阿根的眼里，瞬间模糊了。

第三辑 成长烦恼

导读：时间渐渐磨去了少年轻狂，也渐渐深沉了冷暖自知。年轻的时候，连多愁善感都要渲染得惊天动地。成熟后却学会，越痛，越不动声色。越苦，越保持沉默。这就是成长。每个人都经历过成长，遭遇过成长，邂逅过成长。成长不仅仅是年龄的增长，而是心灵经过洗礼的过程。成长就是将你的一切都变成心静如水，将一切情绪调整到静音模式。

贺　礼

梗概："我"考上大学，父母亲决定宴请乡邻。乡亲们多多少少都送来一份贺礼，而贫苦的老安没有给礼，只喝得让人抬了回去。父母亲不解，"我"撒了谎。老安后来因"我"而死，"我"每年都给老安送一份贺礼。

流泪的花生米

那一年，我考上了大学。在我们村，是唯一的。

整个小村沸腾了，如同水开了锅。喜气就像袅袅升起的炊烟，弥漫在小村的天空。

一向愁眉苦脸的母亲，用皱纹的线条，巧妙地在自己的面容上编织出无数朵花儿。

父亲把赶集的路走得很壮阔，连他那辆破自行车与地面碰撞的声音，都招来乡亲们经久不息的感叹。

村主任第一个到家里祝贺。村主任对父亲说，这不光是你一家的喜事，也是全村的喜事。所以，你该像样的操办操办。

父亲十分犹豫。以往谁家若有婚丧嫁娶，才操办的。对于升学，是没有先例的。

村主任为了说服父亲，一口气把一茶杯烈酒撂到肚子里，红光满面地坚持着自己的观点。无奈，父亲答应先放一场电影，再请乡亲们喝两盅。

村主任趁着酒劲，结结巴巴把消息率先在全村发布出去。

随后，从东邻西舍开始，乡亲们陆陆续续给我们家送上一份贺礼。那时大家都很穷，生活好一点的家庭，才解决温饱问题。若是生活差一点儿的，一天还沿袭着吃两顿饭的节俭习惯。有的送来三块，有的送来五块，送来一块钱两块钱的也有。一开始父亲是十分客气的，固执地不收大家的礼。但母亲说，请大家吃酒，不还得用钱？家里哪有钱？我们家的人口多，劳力少，应该属于还没解决温饱的户型。母亲的担心不是没有道理的。后来，父亲才抓耳挠腮地收下大家的一份心意。

放电影的那个晚上，星光照耀着我们村的大地，大地一片流光溢彩，仿佛披上一件金色的华丽衣裳。我们家的院子里，枣树上飘落的清香和灶膛里升腾的肉香交织着，大家的欢声和笑语混合着，晒场上银幕下孩童的嬉戏和村外无序的狗吠此起彼伏着，给小村平添了节庆的气氛。父亲频频举杯，吆三喝四地在劝大家尽兴，直到把自己的舌头弄得如石头一样坚硬，说话的语腔也踉踉跄跄。至于电影《早春二月》的情节，父亲一点儿也记不起来了。

一阵热闹过后，父母就着昏暗的灯光盘算着所有的支出。父亲用铅笔一笔一笔地累加着，又一笔一笔地减除着，如一位孜孜以求的小学生。母亲站在父亲身后，不曾离开半步，等候父亲报出子丑寅卯来。父亲摘下老花镜，仿佛自言自语，又仿佛对母亲说，亏了一百五十八块。听到这个数字，母亲像一株断了水的黄瓜秧，蔫儿吧唧地萎靡不振。母亲唉了一声，嘴里说，怎么亏这么多，错了没？父亲也觉得错了，又埋头算了一遍。然而其结果，是和第一次吻合的。

母亲突然问父亲，看看有没有老安的账？

父亲仔细地翻着账本，肯定地回答母亲，没有！

母亲嘴里不干不净地骂道，该死的，吃白食的东西。那晚老安喝得酩酊大醉，是被人抬回家的，难怪母亲对老安格外留心。

老安是我们村的光棍，按辈分我该叫他伯伯。但老安有一个偷偷摸摸的坏毛病，在全村人的眼中形象是十分恶劣的。一提起他，有人会恨得咬牙切齿的。

母亲还在唠叨着老安的不是。

我对母亲说，安伯把钱给我了，我上同学家花了，忘了讲了。

母亲盯了我一会儿，眼睛里发出奇异的目光。她问我，真的？给你多少钱？

流泪的花生米

　　我犹豫了一下，说，一块钱。我之所以作以简单地思索，是因为我假如说多了，父母肯定是不相信的。老安在我们村，是属于吃了上顿没有下顿的人家，哪有过多的钱作为贺礼呢。其实，我连老安一毛钱都没有见到。我只是用撒谎的方式，想把父母从对老安的责怪中引导出来。

　　之后，我从偏僻的村子里走出来。一路走来，走进了城市。城市的灯红酒绿让我逐渐对小村产生无比的恐惧，贫穷和富裕的纠葛让我刻骨铭心。但每年，从单位发放给职工的免费贺卡中，我拿出一大摞，一一给小村的户主寄去，以表示对他们的崇敬之情。

　　1985年的冬天，离春节还有三天，父亲从邮局给我打来电话。父亲说完一大堆注意事项后，最后顺便告诉我，老安死了。

　　我哦了一声，问父亲，去年安伯不是很好的吗？身子骨蛮结实的？

　　说起老安，父亲很轻易，似乎在说一位大鼓书里的小人物。父亲说，这个该死的老安，不知发什么神经，大过年的，垫什么路。说什么村里要回来大人物，大人物要开车回来，怕不好走，进入腊月就自个干上了。那天不巧，被一辆大卡车撞倒了。

　　我的心里突然痛了起来，像被一把无名的刀子捅了数下。一个月之前，我收到老安请人代笔给我的一封信，邀请我回家过年，最好开着轿车回家。安伯肯定是为了我，才惨遭不幸的。

　　本不想回家的我，那年回了家。在安伯的新坟前，我撒了一瓶酒，算是给安伯的一份新年贺礼吧。

跑　题

梗概：儿子写作文跑了题，"我"为了升迁跑了题。中间人老安跑了题，"我"的跑题比儿子的跑题更严重，更富有戏剧性。

我怀揣一个厚厚的红包，正要出门办件重要的事儿。

儿子喊住我，爸，你看我这篇作文写得对吗？儿子是个好学的孩子，但是儿子的作文水平一直很差。要是在平时，我会发挥自己特长，口若悬河地给儿子上一课。今天不行，因为我有件重要的事情要办，而且还是通过老安和别人约好的。

我伸开大手在儿子的头上爱抚一下，用商量的口气对儿子说，爸爸有事，等爸爸办完事儿回来行吗？儿子的嘴慢慢噘成一根木橛子，可以挂一个油瓶。我知道儿子的学习兴趣受到伤害，这对儿子提高写作水平是十分不利的。

我弯下腰来，拽去儿子垂在腰间的本子。儿子作文的题目是《我的爸爸》。儿子在开篇这样写道，我的叔叔的哥哥是我的爸爸，我的叔叔是一个十分聪明的人……。显然，儿子的作文跑题了。这在写作文中，可是第一大忌。

我对儿子说，你写跑题了，重写，等我回来再给你检查一下。正好我的手机急不可耐地响起来，我一看是老安的。老安可能等急了，找别人办事是不能让人家等的。因此，与儿子说完那句话儿，也没有来得及顾及儿

流泪的花生米

子的反应，便匆匆忙忙出了门。

老安在街口焦急地踱着步，老安的影子在路灯下，左右来回地在水泥地面上不安地爬行。

我气喘吁吁地跑到老安跟前，老安毫不客气地责怪我说，你是怎么搞的。找人家刘市长办事，是见缝插针的事，难道还让人家等我们？

我忙对老安赔不是，安哥，别生气了。等我们这事儿办好，我好好地在蒙城最好的饭店锦泰楼请你一场，啊。

老安和刘市长是多年的老朋友。我这次升迁的事，像赌博一样，把赌注全部都押在刘市长身上。如果老安帮我办成这件事儿，别说凶我两句，也别说让我好好请他一场，就是让我比他矮一辈我也不会说一个不字的。

老安和刘市长的关系果然不同寻常。两个人唠来唠去，谈笑风生，根本就把缩到沙发角落里的我忘到了九霄云外。但这不重要，重要的是我厚厚的红包送掉了。以上三次，我的红包还没掏出来，就被刘市长拒之门外，搞得我灰头土脸的，很没有面子，也可以说很没有尊严和人格。这次能把红包送掉，还多亏了老安。只要刘市长收下我的红包，我的事儿就八九不离十。所以，我的心里如同灌一桶蜜，让我甜得够呛。

但是老安和刘市长除了说一些两个人之间的旧事，就是说一些给老安升迁的事，却没有让我的事儿沾上一点边儿。我心里猛然一凉，乖乖，朋友老安会不会也跑题。事实的结果表明，老安的确是跑题了，他没在刘市长面前哪怕提我一个字。如果刘市长仅认为我是一个给老安跑腿的，我不就完了吗？还有，我的红包不也就完了吗？那个红包，可是我东挪西借弄来的，搞不好还会让我戳个大窟窿。想到这些，我额头上的汗珠下来了。我拽老安的褂襟子，老安连看我一眼都没有。我想对刘市长说，那个红包可是我的，是我的血汗钱，不！可是我未来一生的血汗钱啊！但我没能把话儿说出口，我怕我一说，我的未来不仅没了，我的现在也可能没了。刘市长会这样认为，这样的干部就这素质，还提拔呢？免了吧。

从刘市长家出来，我理都没理老安，便一头回到自己的家。老安打来电话说，怎么不言语一声，说走就走了？我毫不犹豫地把电话挂了。

儿子拿来一篇写好的作文交给我检查。儿子的作文仍然重写叔叔，轻写爸爸，跑题的毛病仍然没有改正过来。我气得嘴歪眼斜，毫不客气地朝儿子的脸上抽上一巴掌。

儿子哭哭啼啼地走了，我也毫不客气地朝自己的两边脸上分别抽上一巴掌。

吃点啥

梗概：从小到大，他都问儿子吃点啥？吃点啥成为他的口头禅。当他年迈了，多病了，他内心渴望儿子也问他一句，吃点啥？可惜，儿子始终没问他吃点啥。

镜头一

他牵着儿子，儿子的手里牵着一只风筝。

儿子很疲惫，风筝的一角在地上擦着，已经破损了。

春风从儿子的脸上吹过，儿子的头发湿湿的。

流泪的花生米

很显然，儿子玩风筝玩累了。

他把儿子牵到一个小卖部前，躬下身来问儿子：吃点啥？

儿子伸手拿了一瓶可口可乐，儿子太渴了。他从儿子手里接过那只破损的风筝。儿子伸手又抓了一袋火腿肠，儿子太饿了。

他付了钱，看儿子狼吞虎咽的样子，笑了。

镜头二

儿子背上背着一只沉重的书包，晃晃荡荡地从学校大院里出来。

校门口的路灯已亮起来，照在儿子的眼镜片上，儿子的脸庞也亮起来。

他迎了上去，从儿子身上顺势脱下儿子身上的书包，背在自己身上。

穿过一段黑黑的胡同，他和儿子拐进自己的家。

他问儿子，吃点啥？

儿子说，爸，我想吃米饭。

他从锅里把面条盛出来，开始给儿子做米饭。他想，要是她在就好了。可是，她不在了，他知道他的想法是不现实的。

镜头三

儿子上了一辆开往北京的长途客车。

他先把儿子的行李安顿好，然后他把嘴贴在儿子的耳朵上。他小声说，通知书要装好啊，钱也要装好啊。儿子到北京上大学，他必须把这些事项交代好，因为儿子没出过远门。

车发动起来了，马达的轰鸣声震耳欲聋。临下车的时候，他忽然想起了什么。他从车门口又折了回去，问儿子，想吃点啥？

儿子摇摇头。儿子不想吃，刚才儿子和自己在车站门口一起吃过早饭。

他下车，一会儿又折回来，手里拿着两个煮熟的玉米棒子。

他跟儿子说，拿着，路上吃，到了北京可吃不上哩。

检票员催他下车，态度一次比一次恶劣。这次除了翻白眼，嘴里还不干不净的。

镜头四

儿子带一位如花似玉的大姑娘回家。儿子介绍说，爸，她叫咪咪，咋样？

他高兴得嘴都合不上。

他忙前忙后，弯曲的脊背在咪咪眼里晃来晃去。

他把儿子拽到一边问，吃点啥？

儿子说，咪咪说了，吃手擀面条。我告诉咪咪的，爸爸的手擀面条最拿手。

他开始擀面条。还别说，他的手擀面条做得还真地道。

咪咪吃得很开心，儿子吃得也很开心。

临走，他给咪咪准备了一个红包，红包里装有一千块钱。他说，头一次来，见面礼。

咪咪不好意思，儿子在旁边帮腔：拿着吧，爸的心意。

镜头五

儿子离了婚。

儿子和孙子垂头丧气地来到他面前。

他眼睛蓄满泪。而他却对儿子说，别丧气，好日子还在后头呢。

已到晌午，阳光通过窗户照在他的头上。他的头上，

流泪的花生米

早已撒满霜花。

他站起来，让阳光照在儿子的那边，然后挺了挺胸说，吃点啥？

儿子有气无力地说，随便吧。

他搞了一桌子好菜，都是儿子喜欢吃的。

儿子没胃口。他仍劝，吃，该吃的吃！

最后

他躺在病床上，脸色苍白如纸。

医生告诉他儿子，没救了，准备后事吧。儿子在病危通知书上签了字。

儿子打电话，一会儿告诉这个，一会儿告诉那个，他父亲不行了。

他眼里很浑浊，仿佛一口深不可测的井。

孙子从外边跑进来，手里拿一串冰糖葫芦，一块香喷喷的面包。

孙子把东西在他眼前晃了晃说，爷爷，吃点啥？

孙子把左手伸过去，见爷爷没反应，又把右手伸过去。

他嘴角绽开一丝微笑，似一朵不易察觉的小花，永远开在这个美好的世界。

流泪的花生米

梗概："父亲"从地上捡起一粒掉下来的花生米，并且当众吃下它时，深深地刺痛了一个少年的心。由此，"我"鄙视"父亲"。当"我"做"父亲"时，"我"

重演了"父亲"的那一幕。个中滋味，五味杂陈。

那一年，我考上大学。这消息，就像那个夏天灼热的西南风，整天整夜在淮北平原某个偏僻的村庄里流走。

父亲突然喜欢赶集，乐哈哈地去，又乐哈哈地回来。夕阳西下，赶集回来的乡亲们说，你爹在街拐上跟人拉呱呢。无疑，父亲又在为儿子作免费宣传。

父亲的腰仿佛也直了。被黄牛牵着走了大半生的他，田野里的背影总是弯曲的。而今父亲的腰直了，直在村前弯弯的土路上，和人头攒动噪声如潮的集市上。

这个中的原因，当然是由于他刚考上大学的儿子。

开学前一天，父亲坚持要把我送到学校。父亲乐哈哈地跟母亲说，坐火车啊，我还是大闺女上轿一头一回哩。

火车喘着粗气，如父亲夜里沉睡的鼾声，天不亮从蚌埠出发，下午两点就到站了。到了站，便是我求学的城市。下了火车，父亲长吁一口气，如犁过田头的老牛。离报到的时间还有一下午，父亲对我说，不急，时间多着哩。父亲边说，边把目光投向车站周围的饭店。父亲问，饿吗？我点点头。我听到父亲的肚子里，也一阵阵地敲着鼓。

从几家大酒店的门前穿过，父亲选中一家叫薄利小吃部的饭店，痛下决心似地说，就这家了。

小吃部摆设十分简单，几张对开的桌子和几条长椅组成的座位，稀稀落落散落着几个食客。也许是过了饭时，也许小饭馆的生意的确不是太好。除了从火车站传来的嘈杂声，还有时断时续火车的长鸣之外，再也没有什么值得注意的了。

流泪的花生米

父亲要了一盘红烧肉和一盘油炸花生米。这两个菜，都是现成的，从一个大盆里盛出来端上桌就行了。父亲递给我一双筷子，又夹一块肉给我，神采飞扬地说，补补身子，这是好东西哩。老板是个粗壮的汉子，腮边布满黑黑的胡茬。老板手里拿着半斤老烧，走过来递到父亲面前，大哥，不喝两盅？父亲受宠若惊，而后幡然醒悟似地问：多少钱一瓶？那汉子回，两块五。父亲对老板的安排似乎十分满意，斟上酒，美美地嘬溜一小口。父亲喝酒的表情十分痛苦，双目微闭，龇牙咧嘴，而吃花生米怡然自得的神态，又显得十分幸福和满足。

一小瓶酒很快见了底，父亲夹花生米的筷子也摇摇晃晃。父亲语速放慢，结结巴巴地说，吃肉吃肉，不吃完可惜了。就在父亲让我吃的时候，一粒花生米从他的筷子头上脱落了，花生米先掉在桌子上，后从桌子的东头弹跳到西头，最后从桌子的西头落在我脚边。父亲红红的眼睛盯住那粒花生米，那是一粒十分饱满的东西。这东西要在地里长，至少需要三个月的时间。而且从它的成色分析，应该是肥沃的地方长成的，并且要有充足的阳光和水分。来到薄利小吃部这个地点，应该经过晾晒，去壳，运输，交易等诸多环节。父亲心想，绝对不能放过它。父亲弯下腰，捡起，扔到嘴里，风生水起的嚼起来。这一连串的动作，父亲完成得非常漂亮，不带一丝的犹豫不决。但这一切都被我，还有粗壮的老板，和几个素不相识的食客看得一清二楚。我的脸一下子红到脖子根，好像那半斤老烧都倒在我肚子里似的。

从薄利小吃部出来，我拒绝了父亲送我到校的好意。我以没有回去的火车为由，坚决打发父亲回去。

而后，我脑海里尽是闪动一粒花生米弹跳的影子，还有父亲那串卑微的动作和神情。我无法接受父亲的那串历史，以致四年大学时光，他没能跨进儿子的学校一步。

去年，我下岗了，我的儿子考上了大学。

在送儿子入学的火车站旁边的小饭馆，发生了和父亲当年惊人的一幕。

我要了一盘红烧肉和一盘花生米，还有半瓶本地老烧。

一粒花生米以同样的方式落在儿子的脚边。

等儿子去洗手间的时候，我弯下腰，捡起，扔进嘴里。

之后，我顺手抓起桌子上的一团粗糙的餐巾纸，试图堵住从我眼眶里溢出来的辛辣的东西。

少年网事

梗概：成绩优秀的少年，在一次偶然的机会，迷恋上了网络。家长和老师如坐针毡，想方设法让少年戒掉网瘾。"我"是当年帮助少年的道具，若干年后，"我"因在网上犯事，再次与少年面对。

少年的表现十分优秀。少年在班级的考试成绩，不是第一就是第二。如果按照这个趋势发展，少年考上名牌大学是无疑的。

因此，老师高兴，家长高兴，亲戚朋友甚至街坊邻居都跟着高兴。

老师开始规划少年的未来。老师说，将来就让少年

流泪的花生米

报考北大或清华。家长补充说，最好让少年学理科，在专业方面，少年的理科似乎要比文科强一些。亲戚朋友甚至街坊邻居对老师和家长的辩论好像并不在意，他们固执地认为，少年将来一定是一名优秀的大学生。

一切的规划都止于一次偶然。那一次，学校安排一次网上投票活动，少年参加了那次活动。

少年立即被神奇的网络磁石般吸引住了。少年没有想到，世界上还有网络这样神奇的东西。

之前，少年是没有接触过网络的。为了少年的学习，家长没让网络进入家庭。包括上学放学，家长风雨无阻坚持接送，不给少年接触外界的机会。

少年开始偷偷上网。在学校的不远处，有数个霓虹闪烁的网吧。那些闪烁变幻的霓虹，仿佛神奇的世界向少年迷人地招手，令少年鬼使神差往网吧里跑。一开始，少年利用课间时间去上网，后来干脆逃学。

可想而知，少年的学习成绩直线下降。

当老师发现少年迷恋网吧时，惊讶得目瞪口呆。老师十万火急约见家长，进行紧急磋商。

家长和老师的努力似乎是徒劳的，少年的成绩不仅没有上去，而且继续下滑。在少年的心里，网络这个神奇的东西，往往在梦中将自己唤醒。

亲戚朋友甚至街坊邻居扼腕叹息，正把希望变成失望。

有一天，我意外地接到何一飞的电话。

何一飞是我的大学同学。当初，我和何一飞的同窗友谊是那所校园里的典范。我和何一飞同住一个寝室，用同一套餐具到同一个食堂打饭，后来又同时爱上一个女生。就是因为那个女生，我和何一飞才分道扬镳的。

直到接到他的电话前，我和何一飞仍然保持着形同陌路的关系。

我感到十分意外。我说，老何，怎么会突然想起我？多少年已经过去，人生经历得太多太多，对于何一飞，岁月让我多了一份宽容。

何一飞就讲到少年，少年是何一飞和那个女生的亲生儿子。何一飞在电话那头哭哭啼啼，只有您才能救他！何一飞在语言中刻意用上一个您字，多少让我们之间感到一种无形的隔膜。当然，也不排除这种可能，何一飞的妻子也许眼巴巴地守在电话的那一边。

我爽快地答应了。

星期天，我把弟弟的警服借过来穿上，又在右边裤腰上别上儿子的玩具手枪，然后大摇大摆地进入花园小区，大摇大摆地敲开 401 室，大摇大摆地坐在何一飞客厅的沙发上。

面对手足无措的少年，我表情严肃地说，我是公安网警，想找你了解一件事。本来是要到你学校去的，考虑到怕影响你的学习，所以才来到你家，希望你能配合我的工作。在何一飞夫妇掩饰再掩饰的表情下，我郑重其事地打开随身携带的笔记本，做出认真记录的样子。少年十分惊慌，自己将自己的手心都搓红了。我又补充说，最近网上出现一个庞大的诈骗团伙，如果你不能如实相告，有可能将面临更加严重的后果。

少年将他上网的地点和次数如实相告了，甚至少年经常浏览的网站，都丝毫不差地供述出来。

从何一飞家出来后，大概有半年多的时间没接到过他的电话。我想，我的奇招可能奏效了。

春节前夕，在熙熙攘攘的香港路步行街，与愁眉苦脸的何一飞撞个满怀。没等我开口询问，何一飞就自言自语，孩子是没救了。

熙熙攘攘的人流将何一飞挤走，也将我继续打听少年网事的心情挤走。

从此，再也没有见到过何一飞。仿佛我和何一飞只是这座城市的两粒尘埃，永远没有相互碰撞的可能。

有一年，我因在网上气急败坏地攻击单位的某领导，被带进了公安局。

一个英姿飒爽的年轻警官审问我。警官声色俱厉地说，希望你能全力配合我的工作，如果不能如实交代，你将面临更加严重的后果。

这段熟悉的台词，促使我多看了警官一眼。在警官不曾跳动的眉宇间，我读到了何一飞的影子。

没等我回过神来，警官就将桌子拍得山响：我想起来了，十五年前，你就冒充过警察。

看来，我必须如实供述，包括十五年前的那件往事。

寻找一块肉

梗概：在贫穷时，一块肉意味着什么？对于一个懵懂的少年，又意味着什么？可想而知，一块肉的出现和消失，让一个少年痛苦不堪。其间的酸涩，无以言表。

小时候，逃学是我们那帮乡村小伙伴们常做的事，往往老师选择不管不问。老师多是我们同宗同姓的同村人，他们非常了解我们父母对子女的要求，自己当了一辈子"睁眼瞎"（文盲），孩子们能睁开眼就行了，要说上学能上出好日子来，简直是没有影儿的奢望。偶有热心的老师跟父母们谈起孩子的学习，时常会热脸碰上凉屁股。我们在乡村的小学生涯像鸟儿一样轻松自由。

我们三五个孩子，太钟情家乡的山山水水花花草草，甚至趴在沟壑里晒太阳，就能让流水般的时光轻易虚度。只有听到学校传来叮叮当当的放学铃声，才慌里慌张地撵上回家的队伍。

到家里甩掉书包的第一件事，就是往锅屋里跑。长满锈渍的铁锅里，或许有半块馍和半碗剩饭。我们总像饿狼一样，将获得的食物一扫而空。当我们翻着白眼狼吞虎咽的时候，从田野里锄归的父母恶狠狠地骂上一句：饿死鬼投生的！有时难得他们高兴一回，也许会多说一句，喝口水，别噎着。我们很听话，拿起水瓢仰起脖子咕咚咕咚灌几口清爽的凉水。

有一天，我照例逃学，照例装作放学匆匆忙忙往家赶。在临近家门的路上，一股久违的肉香在空气中飘荡。那是一种多么迷人的味道啊，一年之中似乎仅有一次两次。那天太阳高照，根本不是年节。难道家里来了贵客？

果然，大姨来了。大姨头顶一方花毛巾，坐在开满碎花的枣树底下。两只刚下过蛋的老母鸡，咯咯嗒嗒向她讨粮吃。

母亲围着锅台转，袅袅升起的水雾，已将母亲消瘦的身体朦胧得模模糊糊。母亲见我进来，高声撵我到南地弄点柴来。母亲担心锅门口没有足够的柴，恐怕一顿饭都做不成。我自然听从母亲的安排，急忙将身上的书包甩到床上，风一般溜到南地去了。我之所以如此快活地听从母亲的调遣，是因为我坚信那一顿会有好吃的。

流泪的花生米

真的就有好吃的。一盆萝卜烩大白菜，几碗泛着亮光的米饭。堂屋的饭桌底下，那两只立过功的鸡早已聚集过来。它们以对主人每天下一个蛋的忠诚，换几粒可怜的滚到地上的米粒。

母亲接待大姨十分热情，可能是姐妹俩一年半载才能见上一面。母亲不但准备了丰盛的午餐，还尤其客气地让大姨坐上上座。过去，那个座位常年是留给父亲的。如今父亲走了，去一个很遥远永远也回不来的地方。

大姨吃着米饭，母亲让吃菜吃菜；大姨吃着菜，母亲又让吃饭吃饭。弄得大姨不好意思，嘴里说咱姐妹俩还客气啥？眼眶里却闪烁着明亮的东西。大姨吃饭吃菜的同时，与母亲唠叨着家长里短。她们的话儿真多，仿佛前世欠下来的，今生要一字不落地补上似的。大姨偶有空闲，冷不丁给我夹一筷子菜，说孩子吃，正是长身体的时候，多吃点。这么小的身子，还要费心读书，多么不容易啊！一直以来，我固执地以为大姨对我真好，比自己的亲生母亲强多了。有时母亲会用筷头子敲打我的头，并且无情地断言，别吃了，长大可能挣够吃的哟！

发现那块肉时，母亲正用不祥的眼光盯住我。大概我的吃相又惹母亲生气，或者我已经吃了一碗米饭，准备再来一碗。如果在平时，她老人家肯定让我吃上坚硬的筷头子。在我猜测母亲心思的时候，母亲飞快地将那块从白菜堆里露出马脚的肥肉夹起来，小心翼翼地移到大姨面前，准确无误地投到大姨碗里。母亲忙说，大姐，吃了吧。大姨显得十分惊慌，生气地将肉夹起来，准确无误地投到菜盆里。由于大姨的动作把握不好，星星点点的菜汤溅到我脸上。那股浓烈的肉香，在我鼻翼之间顽固地逗留，让我盯住那块肉而垂涎三尺。

母亲马上端起菜盆，嘴里说我再去添点菜去。母亲将菜盆端回来，再也翻不到那块肉。

那天下午，我没逃学。坐在书声琅琅的教室里，我脑海里翻滚的仍是那块肉。记得老师表扬我，夸我在遵守纪律方面迈出一大步。

放学后，我绝对以一个兔子的速度跑到家的。来不及放下书包，就饿狼一样扑向锅屋，立即掀开锅盖，没能见到那块肉。我用半截柴棍翻到柴火堆里，仍不见那块肉。那块肉是我亲眼看见的，难道它长翅膀飞了？不死心的我再找到狗窝猫窝里，还是没有那块肉。我终于憋不住放声痛哭，哭得鼻涕一把泪一把的。我的哭声惊动了那两只鸡，两只惊慌的鸡咯咯嗒嗒往院外跑，最终惊动在墙角昏昏欲睡的奶奶。

奶奶踮着小脚艰难地跑过来，一把将我的头抱在怀里。奶奶没了牙齿，说话瓮声瓮气的。奶奶说，孩子别哭，是什么吓住我的孩子？小鬼小派，全都滚得远远的！奶奶以为我神鬼附体，挥动着榆木拐杖划来划去，一副大义凛然视死如归的样子。

我哭着告诉奶奶那块肉。奶奶长吁一口气，好大一会儿才说，那块肉不能吃啊，是你娘从东院二婶家借来的。

俗话说，有借有还，再借不难。母亲一定在大姨离开后，就把那块肉还给了二婶。

若干年后，我进城工作。母亲也到了当年奶奶那个年龄，奶奶已经入土为安。

母亲前年患上难缠的糖尿病，身体每况愈下。医生反复叮嘱，多吃粗粮少沾油腻，粗茶淡饭是最好的治疗良药。

神　水

梗概：之所以把尿水称之为神水，来自二奶奶和母亲的无知和迷信。"我"的无知，让无知的二奶奶和母亲涂上一层神秘的色彩。而穿白大褂的医生，对神水的钟爱又是为了什么呢？

一

我呱呱坠地时，一望无际的淮北平原喜降一场绵绵的春雨。延续整个冬天的干旱，终于汲取上天恩赐的精华。濒临干涸的涡河，开始迈着从容的脚步一路东去。

大家的脸上，全部笑逐颜开。说话的响亮，堪比不远处公路上来来往往的汽笛。由于我的到来，我们全家上下无疑比春雨的降临更加喜形于色。父亲高声朗气地说，双喜临门呐！

二奶奶踮着小脚，慌里慌张拐进我们家院子。院子里汪着一窝一窝的水，调皮的鸡鸭鹅们无拘无束地嬉戏。二奶奶的话语迭不连声，恭喜恭喜，本奶奶早就知道是个带把的。

父亲豪情满怀地招呼着二奶奶，吸烟，吃糖，喝茶。二奶奶的身体一向虚弱，一番推让下来，竟拧出一身汗。

其实，二奶奶一个月前就预测到我的到来。二奶奶盯着母亲的大肚子，左瞅瞅右瞧瞧，嘴里啧啧有声，仿佛亲奶奶一样殷勤。

同二奶奶一起进院的，还有二奶奶手中的一只粗瓷大碗。刚刚过去的冬天，她经常用这只碗喝一些难闻的汤药。

二奶奶努力摆脱父亲的热情，如愿进入里屋，悄悄跟我母亲商议，把孩子第一泡尿，给我，二奶奶不会忘记你们的大恩大德。二奶奶一边用油腻的袖口抹泪，一边递过来那只粗瓷大碗。

二奶奶喝一种偏方汤药，巫医嘱咐她，一定要用刚出生男孩的童子尿作药引，神药方能有效。

长大后，听母亲说起这件事。那时，二奶奶已经投入淮北大地的怀抱。可是，我仍能想象出二奶奶满怀希望喝下童子尿的模样。

二

次年仲春，我完全能够扶着墙走路。偶尔，母亲会拿一块白面馍，距离一步之遥的地方召唤，宝宝，过来，有馍馍。我咧咧嘴，猛跑两步撞进母亲的胸前，伸手抢她手里的白馍馍。

父亲弄回来一棵桃树，不足一人高。父亲说，桃树好，能辟邪，能结桃吃。他老人家在院子里栽下桃树时曾做过科学判断，只要精心呵护，第三年就有仙桃吃了。

父亲呵护桃树的确十分尽心。培土、施肥、浇水，每一项工作做得十分认真。自从桃树栽下后，父亲买来一个红色的小塑料盆，不让我将尿胡乱撒在别处，耐心地指导我撒进盆里。等攒足了小半盆，才细心地将尿浇在桃树根上。

我是父亲听话的孩子。每天，我会将尿一点不剩地撒进盆里。为此，我从小就养成勤喝水的习惯。水喝多了，自然尿就多。以至到现在，我依然喜欢手捧茶杯，喜欢喝水，喜欢不厌其烦地往卫生间跑。

有一回，跟父亲一块走亲戚，喝了不少水，肚子胀得难受。为了能让桃树早日开花结果，我一忍再忍，半天没敢浪费一泡尿。记得那天，裤子上还是被浸得湿湿的，样子很狼狈。

桃树终于结上桃子，个大，色红，味甜。父亲流着口水说，赛过"五月鲜"。

三

有一天早晨醒来后，我的双眼睁不开了。

使劲揉搓，无济于事。于是，我哭了，惊动了早起劳动的母亲。

我害上红眼病，两只眼被眼屎糊住了。眼屎很厉害，糊得很牢固，像铁丝网一样。

母亲放下手中沾满露水的镰刀说，别怕，不碍事。说着，她取来一个干净的尿盆，吩咐我把尿尿出来。母亲用我尿的尿，清洗着我的眼睛。一开始，蒙在鼓里的我只觉得那水有温度有湿度有柔性，眼睛也在不断地清洗中慢慢睁开了。

我更加哭闹，嗔怪母亲的无礼。怎么能用尿洗我的眼睛呢？

母亲嬉笑着，丝毫没有一点做错事的愧疚。她说，孩子，你哪里懂？童子尿不是尿，是药！

其后，也害过一两次眼病。不过，我没有哭闹，也没有大惊小怪。而是偷偷躲闪在暗处，解开裤带，畅快淋漓的同时，自己解决了自己的问题。

还别说，眼病没了。

四

那一年，政府在涡河南岸建一所医院。离我家不足三百米。

医院的房子很白。在阳光明媚的日子，好像从天上掉下的一大块白云。

　　进进出出的医生，穿着白衣白裤，带着白帽子。

　　我们一帮小伙伴，喜欢到医院里玩。刚去时，不敢进到医院大门里面，只眼巴巴地观察里面的动静。直到有一天，一个大胆的玩伴进去后，发现并没有人阻拦。我们才一个个如地下工作者一样溜进去，在宽阔的水泥地上，挥霍着自己的童年。

　　有一次，一个穿白衣白裤带白帽的阿姨塞给我一块糖。阿姨高个头，手指细长，皮肤惨白，脸上好像贴一层细白的纸。她从白大褂的口袋里掏糖，顺便蹲下身来，用细长的手指顺着我凌乱的头发，小朋友，跟你商量一个事。

　　听口音，她不是本地人，说出的话儿十分悦耳。那带有不可抗拒的口吻，立即让我答应了她所谓跟我商量的事儿。

　　在散发着浓重药味的办公室，她用一个四方的塑料杯子，接住我满满的一泡尿。

　　她用它做什么，我至今不知道。

老子的地盘

　　梗概：一个生活在底层，工作低下，又爱自吹自擂的爸爸，一度成为儿子的"耻辱"。当爸爸真正成为英雄，儿子的内心发生了彻底的变化。

　　同学们聚在一起，眉飞色舞地谈起自己的爸爸，马

流泪的花生米

小明总是将自己的脑袋弄得一低再低。

在这个拼爹时代，同学们优秀的爸爸，无疑幻化成为他们苗壮成长的阳光雨露。

马小明的爸爸是个摆修鞋摊的，自然不是所谓优秀的，甚至是十分低下卑贱的。可是，马小明的爸爸却将自己吹得神乎其神，比优秀还无比优秀。

那一年寒假，爸爸带马小明去乡下省亲。爸爸掏着上等的香烟，见人就前言不搭后语地嚷嚷，你知道现在城里的房价涨多少了吗？

乡亲们猜来猜去，眼珠子瞪得快蹦出来了，仍然猜不准。

马小明的爸爸大手一挥，满脸得意地说，六千，每平方米六千块呐！

一片唏嘘声之后，有人问马小明的爸爸，你老在城里有地点？

马小明的爸爸此时显得极不耐烦，反问道，你知道百货大楼那地点吗？

百货大楼那地点，市中心，黄金地段，傻子都知道！

马小明的爸爸突然间哈哈大笑，那是老子的地盘，寸土寸金的地盘。

乡亲们重新睁大眼睛，乖乖，得值多少钱？

马小明的爸爸伸出一双粗糙的大手，一反一正，再一反一正，然后大摇大摆地离去，嘴里说，无可奉告。

马小明心想，爸爸真能吹。马小明心里亮如明镜，爸爸所说的地盘，是百货大楼对面一棵法国梧桐树下，那里有他的修鞋摊。那个如巴掌大的地点，爸爸每月要向市容局交三百元的占道费，外加打折赠送无数个点头哈腰。

爸爸不着边际的神吹海侃，莫名其妙地让马小明的自尊心得到极大的虚荣和满足。

那一次，郑小莉突如其来的恶语相向，才让马小明刚刚得到的自尊灰飞烟灭。

课间休息时，一向直言快语的郑小莉，像新闻发言人一样对一大堆同学说，大家知道百货大楼对面那个修鞋的老头吗？同学们说，知道知道，我们找他修过鞋。郑小莉故意压低嗓音绘声绘色地在说，小人，标准的市侩小人！我去那里修鞋，只钉一颗钉，就要了十块钱。同学们知道郑小莉的鞋很贵，不是韩国货就是日本牌。照郑小莉这一说，一颗钉十块钱，的确黑了点。

马小明恨不得上去扇郑小莉的大嘴巴，而马小明没有这个勇气。如果马小明真扇郑小莉的大嘴巴，马小明爸爸的身份不就暴露了吗？所以，马小明选择了忍气吞声，选择了将自己的脑袋压得一低再低。

放学回家的路上，马小明第一次认真地眺望着自己的爸爸。爸爸头秃，背驼，油黑的光脑袋前倾，几乎要爬到眼前臭气熏天的鞋上。爸爸嘴里叼着钉子，一颗颗生锈或即将生锈的钉子，在爸爸丰沛唾液的滋润下，变得光滑柔顺，吃进鞋底的力度明显加大。马小明觉得，爸爸真脏。

马小明生日那天，爸爸乐哈哈地弄来一个大蛋糕。马小明没吃，反胃。爸爸一而再再而三地催促，马小明一而再再而三地反胃。甚至连想一想，都觉得十分恶心。

本来，马小明上学放学都要经过百货大楼的。之前每次经过，马小明都会无比深情地投过去一丝目光，打量着自己老子的地盘。郑小莉发布新闻之后，马小明改道了。

131

流泪的花生米

冬天的第一场雪下得飘飘洒洒。就在无比洁白的雪地里，一起十年的恶性悬案，在一个摆摊老头的协助下，成功告破了。

那一天，马小明爸爸的修鞋摊前，来了一位头脸捂得十分严实的客人。客人将脚上的一双皮棉鞋递过来，说地太滑，打个掌子。在客人掀开面罩一角点烟的时候，马小明的爸爸认出了那个人。他不慌不忙地取钉，拿锤，一丝不苟地钉钉。那人似乎有点急，三番五次地催促。马小明的爸爸将一根长钉牢牢地钉进去，悄悄拨通了110电话。

电视台进行了跟踪采访报道。

十年前，马小明的爸爸就将那个穷凶极恶的家伙烙在心里了。即便他整了容，也能准确认出那双令人发怵的眼睛。马小明的爸爸对全市的电视观众说，那是老子的地盘，休想从老子的地盘上溜走一只蚂蚁。马小明的爸爸说得天花乱坠，一口气反复将老子的地盘说了十八次。

同学们口口相传，知道老英雄是马小明的爸爸。他们轮番跟马小明拥抱，轮番替马小明有这样一个优秀的爸爸骄傲。高傲的郑小莉，正式向马小明鞠躬道歉，并通过马小明，向英雄的马伯父真诚道歉。

马小明以百米赛跑的速度，奔跑到爸爸的地盘，神采飞扬地拥抱着弯曲的爸爸，眼睛里噙满幸福的泪花。

马小明的爸爸擂着马小明的肩头，小子，这地盘，老子先守着。将来，传给你！

马小明郑重地点点头。

大南瓜

梗概： 穷乡僻壤的地方盛产着大南瓜。陈老师来到我们这里教书了，大南瓜成为我们与陈老师之间的桥梁和纽带。无奈，陈老师调走了。来了新老师，我们种上了大南瓜。

陈老师从县城到我们村小当代课教师，我们的父辈祖辈们用南瓜宴招待了他。

那些憨态可人的南瓜，经过清炒、蒸馏、油煎和水煮，变成秀色可餐的一桌子南瓜宴。在通风透亮的窗户外面，我们挤扁脑袋看到陈老师紧锁的眉头，如春天的南瓜花一样舒展开了。

我们脚下这块土地，叫了上百年的马家洼子，位于鸡叫听三县的交界地带。土地贫瘠，日子清苦。可是，这块地方盛产南瓜。房前屋后、田头地埂、沟渠塘边，只要播下种子，不用浇水，也无须施肥，就能开出一路黄花，结出娃娃头大小的南瓜。

陈老师喜欢上了我们这个穷地方，喜欢上了我们这些穷孩子。

陈老师将南瓜写成歌词编进歌里，每天课前，带领我们高声朗气的歌唱。"南瓜脆，南瓜甜，马家洼子的生活赛江南……"。清脆的歌声从三间破瓦屋里跑出来，随风在马家洼子的田野里游荡。在田野里挥汗如雨的父辈祖辈们，牙齿似乎笑到了泥里、土里。

自从陈老师来到我们村小，同学们上学十分带劲，

流泪的花生米

再没有脱过堂逃过课。连那几个捣鸟窝斗弹弓的调皮鬼，也学得乖巧多了，眼睛盯在黑板上，心思随着陈老师的板书转。

有一天，家里出了点事，父亲来找我。父亲一开始隔着窗户，向我摆手，我没看见。后来，他加大嗓门喊我小名，我也没听见。愤怒的他，随手捡一块硬土块扔到窗棂上，嘴里不干不净地骂道，毛孩，你个熊孩子，反了是不是？同学们才将目光投向窗外，才看到站在风中脸红脖子粗的父亲。

陈老师停下讲课，问我们，找谁的？

同学们异口同声地回答，找毛孩的！

陈老师沉下脸，重新问，找谁的？

同学们再异口同声地回答，找马得草同学的！

陈老师面向窗外，问我的父亲，您找马得草同学什么事？

父亲愣怔一会儿，脸红了又白白了又红。他告诉陈老师，家里出了点事。

陈老师当着全班同学的面，抑扬顿挫地说，马得草同学，你可以先回去了。

我转到屋后撒了一泡尿，才跟父亲一道回家。

那天，父亲赔偿我一碗加糖的南瓜饭。父亲突然问，毛孩，你叫马得草？

埋头扒拉着南瓜饭，嘴里跟吞了蜜似的。我顾不上说话，冲父亲忠实地点点头。

父亲咧开一嘴的黄牙，说，看你小子能的！

在学校，我们都有属于自己好听的名字。陈老师要求我们，必须以某某同学相称。我们觉得十分自豪，每当喊我们某某同学时，我们会很有尊严的响亮应答。

但是，有一件事，我们觉得陈老师要求得十分奇怪。陈老师反复强调，全班三十六名同学，必须将尿撒到屋后棚里的小桶里。

我们曾经推举班长马小明同学问过为什么。下课后，马小明兴高采烈地去，无精打采地回。我们一齐问，到底为什么？马小明摇摇头。

又到了一个播种南瓜的季节。校舍的房前屋后冒出一株株墨绿油亮的南瓜秧子。

马小明在班里宣布过一条铁的纪律，任何同学都不得践踏和损坏南瓜秧子。因为，那是我们敬爱的陈老师亲手播种的。

我们严格遵守这条纪律，没有谁敢违反这条纪律。我们远远地看着这些生机勃勃的南瓜秧子，一天天向着太阳张开笑脸。只是心里不明白，陈老师为什么还要种南瓜？难道我们马家洼子的那些南瓜，还不够陈老师品尝的吗？

我们把疑问带回家里，我们的父辈祖辈们生出同样的疑问。也许，我们送给陈老师的南瓜不够好吃不够可口？非得他亲手播种和收获的才倍感香甜？

在同学们继续唱着南瓜歌的时候，陈老师的南瓜长秧了，开花了，结果了。

秋后，挂果的南瓜，像吹了气一样一天天变大，变绿，变黄。那一个个卧在秧子里的南瓜，竹篮一样大，比我们马家洼子的南瓜大多了，圆多了，黄多了。

我们，以及我们的父辈祖辈们开始讨好陈老师。陈老师啊，您是怎么种的南瓜？啧啧，个个大人头似的。

陈老师一直笑，笑容里多出几丝苦涩。

有一天，陈老师屋里来了一个漂亮女孩。女孩个高，脸白，扎马尾辫，穿运动鞋。两个人没待一节课的时间，女孩就气哼哼地走了。临走，一脚还踏坏一个未成熟的大南瓜。

我们看到陈老师的双手捂着脸，有水一样的东西从指缝里流出来。

有一些日子，屋后的小桶尿满了，陈老师没来提。

陈老师调走了，来了个田老师。

田老师脾气怪，动不动就批评学生。

来年开春，我们在班长马小明的带领下，自发在校舍的前后左右种上南瓜。我们真心期望，田老师能够从此喜欢我们马家洼子的大南瓜。

一路狂奔

梗概： 因为一个小小的愿望即将来临，马小明激动万分。作为留守儿童的他一路狂奔，想将这个消息告诉奶奶。时间耽误了，马小明再一路狂奔跑回去。可是，去县城的车子已经走了。

马小明坐在教室里，跟随着老师朗读《唐诗三百首》里的李白名篇《望明月》。

毛校长"聪明"的脑袋从后窗户冒出来。敲了敲玻璃框，用眼神和手势，将扭头望着窗外的马小明叫了出来。

马小明和毛校长一前一后，走到操场的花坛边。毛校长慢慢蹲下来，脸对着马小明的脸。

毛校长问，马小明同学，你想妈妈吗？

听到妈妈两个字，马小明如水一样的眼里，闪烁着星星一样的亮光。

马小明使劲地点点头。

毛校长接着问，想见妈妈吗？

马小明的眼里更加明亮了，仿佛两盏灯，挂在他的脸上。

这一次，马小明没点头。他用双脚搓着操场，头低下来。搓着搓着，他眼睛里的亮光被搓了下来。

毛校长抚摸着马小明的头说，孩子，马上我带你去见妈妈，好吗？

马小明猛然转过身，穿过学校半掩的大铁门，鸟儿一样向东南方向飞去。

毛校长从地上跳起来喊，马小明同学，你等等！

马小明没有心思再等，根本等不及了。马小明想，一定抓紧将这个消息告诉奶奶。

马小明跑得很快，脚下的尘土扑扑扬起。一颗石子，从马小明的脚下，弹跳到庄稼地里，发出一串串清脆的声音。

马小明脚下生风。遇到道路拐弯抹角时，他干脆叉到路边的泥地里。

再遇到一条小沟，桥就在不远的那边。可是，马小明心急如焚，他下到水里。沟里的水很静很柔，在缓缓地流淌。沟水被马小明快速运动的双脚，弄出一条条银白色的锦缎。

马小明跑掉一只鞋。在跑进第三块玉米地时，摔了一跤，左手心里渗出一滴滴的鲜血。

马小明推开院门，奶奶不在家。蹲在院墙外的瘸三

流泪的花生米

爷说，在庄东南的玉米地里。

玉米长到半人高，正是喝水喝肥的时节。

奶奶在给玉米追肥。奶奶先用手在玉米棵旁边挖一个小坑，将尿素丢进一小撮，然后再用脚将土填上。

马小明气喘如牛地跑到奶奶跟前，断断续续地说，奶……奶奶，妈妈回来了。

奶奶低头忙活。马小明无比惊奇的话儿，在奶奶复杂的表情上没留下一丝多余的痕迹。

马小明大声说，我想去见妈妈！

其实，马小明十分想见妈妈。他一路狂奔，就是要在见到妈妈之前，回来告诉奶奶一声。

奶奶在家管他吃住，供他上学，给他穿衣，他必须赶回来告诉奶奶。

奶奶抬起头，一脸疑惑地望着马小明，嘴里嘟囔着，怎么可能？

马小明挺直一鼓一鼓的肚子和一起一伏的胸脯说，是毛校长亲口告诉我的！

毛校长？奶奶问，哪个毛校长？

马小明有点儿急了，结结巴巴地说，毛校长你不知道？就是毛蛋的二大爷。

奶奶似乎记起来了。自言自语地说，那个"四眼"，小名叫二狗子的？

马小明气得哼哧一声，转身跑回家里。家里有一条红纱巾，妈妈临走时留下来的。

马小明找到那条红纱巾。红纱巾很红，只是压在床底下时间长了，太皱巴。

马小明将红纱巾揣到怀里，鸟儿一样飞出自己的家门。

太阳已经升到马小明的头上，光线毒毒的，怎么躲都躲不过去。

冲着学校的方向，马小明不再犹豫，一路狂奔。

穿过村庄，穿过小桥，穿过小路，穿过小沟，穿过三块玉米地……马小明跑到学校的大门口。

毛校长坐在行驶的车上，从学校大门口经过。车上坐着毛校长，还有几个笑容如花的孩子们。

马小明停下脚步，愣住了。

毛校长边招呼孩子们坐好坐稳，边督促司机加快速度。

今天，市电视台要搞一个直播节目，让全市留守儿童的代表在电视里找妈妈。

载着孩子们的车子一路狂奔，扬起一路飞扬的尘土。

飞扬的尘土里，马小明一路狂奔地追赶。

可是，马小明迷眼了，一跤摔在硬地上。

从马小明怀里飞出来的红纱巾，如一摊鲜血，在他眼前的尘土里飘荡着。

胡　子

梗概：少年故意蓄了胡子，吓坏了母亲。母亲以为少年学坏了，请剃头匠给少年处理。少年反抗，母亲更加紧张。当母亲到学校后，才知道事情的真相。

赵小七从学校回到家的时候，夕阳已经沉没在暮色的海洋里。

流泪的花生米

　　母亲开始在厨房里忙活。洗碗，刷锅，择菜，蒸煮。不大的农家院落，弥漫着浓烈的烟火气息。

　　赵小七在县城住校读书，一个月才回家一次。每到这一天，母亲总是早早地走进厨房，做一些儿子喜欢吃的东西。

　　很快，一盘炒鸡蛋，一份红烧猪肉和一盆酸辣鱼块汤端上了桌。桌子上有红有黄，有青有绿，有咸有淡。

　　母亲边在腰间的围裙上不停地擦手，边喊暮色中神色慌张的赵小七，小七，快过来，坐下吃饭。

　　儿子吃得很投入，也可以形容为狼吞虎咽。母亲的目光在儿子的额际间游走，看到儿子如牛一样低头吃饭的神态，母亲很开心。母亲想，儿子果真饿坏了。边想边夹起一块肉，直挺挺地往儿子碗里塞。儿子身子一闪，抬起头说，妈，我饱了。母亲此时看到了儿子下巴上的胡子，一撮撮黑黑硬硬的钢针，从儿子稚嫩的肉里扎出来。母亲一惊，筷子一抖，肉"啪地"一声落在桌子底下。一条从院子外面适时闯进来的小花狗，快速地叼起后，得意扬扬地跑开了。

　　母亲的眼前一片黑暗。小七，你……你……你怎么留着胡子？母亲对儿子的疼爱，胜过自己的生命。平时，母亲是不会用这口气这眼神跟他说话的。平时，儿子是个好孩子，不多言不多语，走路做事像个腼腆的女孩子。

　　儿子木讷地回答，妈，没什么。长了，我会剪的。

　　儿子的轻描淡写，母亲更加不安，甚至害怕。母亲想，儿子变坏了。可是，她又在心里连说几遍不会的，怎么可能呢？眼前的事实，着实令她十分恐惧。那一夜，月光如水，透过玻璃窗户泻了一地。母亲没能入睡。

　　第二天中午，母亲和刀叔一前一后走进院子。

刀叔臂弯里吊一只竹篮子。篮子里放着剪子、剃刀和一些明晃晃的剃头工具。

母亲高声喊着小七，刀叔来了。

赵小七从桌子前站起来，冲刀叔深鞠一躬。刀叔夸小七，这孩子，长高了。学懂事了，怎么见了刀叔也鞠躬？

刀叔将篮子刚放下，赵小七就如一条鱼一样，从刀叔眼皮底下溜了出去。

赵小七溜出去的时候，手里拎着书包，还有下一个月生活上所必需的日用品。

母亲将刀叔送出院子，一个人瘫在地上，眼泪如前天的那场小雨一样洋洋洒洒。

母亲想，小七这孩子，真的学坏了！不行，必须让他回头是岸。

第二天一大早，母亲转了三次车，悄悄摸到赵小七班主任的办公室。

班主任和颜悦色地问，你来有事？

赵小七母亲的眼泪，再次洋洋洒洒。

弄清缘由后，班主任心平气和地给赵小七母亲讲一个故事。

三月五日的那天，班里组织学雷锋活动，集体到敬老院里献爱心。

班主任十分开心，边说脸上边露出笑意。这些孩子们啊，个个都是好样的。有的扫地，有的挑水，有的帮老人们洗脚捶背。

赵小七同学当时挑水。刚下过一场雨，池子边长满青苔，很滑。他只用心挑水，没注意脚下，结果摔了跤。实在不巧，人摔倒后，下巴磕到一个小石子上。血流了一地，让全班同学都吓坏了。

流泪的花生米

还好，到医院一查，没什么大碍。只是，下巴上留下一块疤。

赵小七再回家，母亲要看看那块疤。赵小七不愿意。

晚上，趁赵小七熟睡，母亲借着手电筒的光芒，轻轻翻开那撮密密匝匝的胡子，一条蚯蚓一样的疤痕闪了出来。

赵小七后来考上大学，成为一所名校的艺术生。

赵小七的胡子越留越长，像一丛油光发亮的麦苗儿。

街坊邻居们异口同声地夸着赵小七，这孩子，从小就志向远大，看那胡子，多有艺术多有风度。

母亲总是背过脸，将那是那是的回答甩到身后。

郑小驴

梗概：一个学生叫一个比较贱的名字，引起了老师的注意。老师开始关注这个特殊的学生。这个学生一路走来，功成名就之时，却改了名字。名字虽然改了，初心也改了。

刚刚接手一个新班，作为班主任，必须对班里的全体学生进行一次初步了解。

对着花名册，在第二十六行，看到郑小驴的名字。

抓起电话，打到教务处。我有些烦躁地责问，高一（三）班的花名册是谁打印的？那头幽默地回答，正是阁下。我一时搞不清那个阁下是谁？却觉得他的回答蛮有风趣。苦笑一下再问，有没有把一个叫郑小驴的同学名字搞错？那头稀里哗啦响起一串翻纸声，立场坚定地传来回音，十分正确！

新学期的第一节课，我亲自点名。点到谁，除了答到，还要站起来认识认识。点到郑小驴时，班里一阵骚动，有的同学忍不住笑出了声。

最后一排的东南角，站起一个男孩，个头不高，黑瘦，头发微黄，眼睛很亮。

一个星期后，按照惯例，班级进行了一次摸底考试。

郑小驴的分数居中，全班排三十二名，各科成绩比较平均，没有"腿长腿短"的现象。郑小驴这样的学生，如果不是因为他的名字特别，一般不会引起班主任关注的。

时光像翻动的书页一样，一学期很快就被翻过去了。期终考试结果一出来，班级进行一次重新排名。班级排名之后，在全校进行再次排名。

郑小驴在班里排名十六位，全校一百二十八位。名次虽然不算太优秀，但从进步的程度看，算是比较出色的。

有一天，在食堂排队打饭，与穿着单薄的郑小驴并排。我笑着鼓励他，很好！继续努力！本来，应该喊他名字，郑小驴同学，或者小驴同学。可是，这名字太别扭，我没喊出口。郑小驴微微低头，瘦弱的身体微微前倾，之后像泥鳅一样滑走。

高二的时候，有个重要的奥数竞赛。因为关系到高考加分，各班都十分重视，班主任一般都会将前三名的学生推荐上去。

课间休息时，郑小驴轻手轻脚来到我身边。郑小驴依然微微低头，微微前倾身体。老师，能推荐我吗？他说，

流泪的花生米

我能行！

满足郑小驴请求的可能，几乎微乎其微。与前三名同学相比，差好几名呢。而我没有当场拒绝，说尽量努力。他像一只快活的小鸟一样飞远了。

第三名的同学生病请假。同时对这项高难度的竞赛，的确没抱太大的希望，我破例推荐了郑小驴。

结果让全校师生瞠目结舌。郑小驴夺得全市第二，打破我们学校的历史记录。

郑小驴登上学校的光荣榜，我们班为此欢呼雀跃。男同学们将郑小驴抬起来抛向空中，女同学们纷纷与他合影留念。郑小驴幸福得一塌糊涂，一双明亮的眼睛更加清澈如水。

我想，应该进行一次家访，为郑小驴。

周日，突然来到郑小驴家。说是家，其实就是一个简易的窝棚。墙是六根木桩顶的，顶和墙壁用塑料布和废品纸盒交叉混合钉上的。郑小驴的爸爸搓着一双黑手，脚下躺着他刚刚捆好的一堆废品。

郑小驴搬来一个条凳，我装作若无其事的样子坐下来。我说，真不知道你们这么苦，是我关心得不够啊。

郑小驴的爸爸呵呵地笑着，黄老师太偏爱我们家小驴了，我得给您鞠个躬。他刚要弯腰，被我急忙上前制止了。

那天，跟郑小驴的爸爸谈得很多。主要围绕着郑小驴表现很好，如果继续努力，来年上重点不成问题。最后，我试探着问，怎么给孩子起这个名字？

郑小驴的爸爸在自己头上挠痒痒，一副难为情的样子。他说，在村里时，因为脾气偏性子孬，大家给他起个外号叫老驴。小驴出生后不久，他妈忍不住穷，跟人跑了。乡亲们可怜小驴，给吃的喝的用的，小驴小驴地叫着叫大了。

一年后，郑小驴果然以优异的成绩考上中国人民大学，一度成为我们学校的荣耀。

退休后的时光，我喜欢读读报纸看看电视。

有一天，在法制导刊上读到一篇文章，是介绍一名干部如何走向腐败堕落的。那名局长姓郑，叫郑为民。

过几天看电视，电视里也在播放着郑为民的事。我一看，吓出一身冷汗。那人不是郑小驴吗？郑小驴的头微微低着，身子微微前倾，一顶的霜花。

突然间，我觉得自己大半生白活了。

成人礼

梗概：陈小男的顽皮，超出了妈妈的想象。为了改变陈小男，妈妈煞费苦心。几近绝望之时，一个偶然的顽皮事件，改变了陈小男。当然，陈小男得到一份厚重的成人礼。

涡河三桥建成拱形的。远远望去，宽阔的河道上，一轮新月正冉冉升起。

自然，好奇的网友将涡河三桥若干个艺术照发到网上，名噪一时。自然，涡河三桥成为奔流不息的涡河上，一道亮丽的风景。

事故发生在冬天。那场冬雪来得晚一些，快到春节的时候，才迈着优雅的碎步款款而来。雪不大不小，却

流泪的花生米

一直飘到正月十五。

落在河里的雪，很快融化成一路东去的河水。雪落到桥上，结了冰，很滑。上上下下的人们像下饺子一样，从桥上滑到桥下。

陈小男也滑倒了。但是，她跟别人的滑倒不一样，甚至有着本质的区别。

那一天，陈小男看到一行人又一行人从桥上滑下来，觉得真好玩，太好玩了。于是，她由不得自己的脚步，和自己一颗怦然心动的好奇心，从涡河的北岸小心翼翼地上到桥顶的最高处，像一只飞翔的大鸟向南岸滑去。陈小男的动作十分优美，让从河道里吹起的风，都惊讶得响起哨声。没来得及下滑的人们，惊讶地看着她优美地滑下去，冻红了的嘴张成一个大大的 O 字。可是，最后一个动作，陈小男失败了。而且，她失败得十分狼狈。将近到岸的时候，陈小男的身子好像冲出跑道的一辆赛车，咣当一下，撞在从南往北数的第二个桥柱子上。

一阵剧烈的疼痛之后，陈小男的左腿没有了知觉。

陈小男妈妈的哭骂声，比往常高两倍。往常，陈小男逃学、打架、吸烟、上歌厅、进酒吧，妈妈没少哭过，没少骂过。当一个又一个不幸的消息，像炸弹一样扔进陈小男家的时候，陈小男的妈妈再也控制不住自己了。她开始小声骂，大声骂，早上骂，晚上骂，从早到晚只要看到陈小男，妈妈就不由自主地骂。一开始，妈妈的骂声比较温柔，比较含蓄，比较照顾陈小男的脸面和自尊。后来，随着骂声艺术的提高，砸向陈小男的骂声，简直就是赤裸裸的。自然，妈妈的哭声从小到大，从早到晚，似乎没有停歇过。

陈小男被 120 急救车送到医院。如果不是好心人打了 120 电话，陈小男的腿定要截去一节。

妈妈接到医院的电话，哭骂声从家里开始，绵延了三公里，尾随着她来到陈小男的病床前。

妈妈似乎愤怒，似乎兴奋。毕竟，这一次，应验了她对陈小男无数次的诅咒。妈妈心想，也好，你陈小男再能，看你还能往那儿跑。

医生说，至少要半年，甚至更长时间才能下床。

听到医生的忠告，陈小男的眼泪下来了。平时，陈小男的眼皮是很硬的。父亲死时，陈小男都没掉一滴眼泪。六个月，对于陈小男来说，无异于六年或六十年。

陈小男的妈妈开始送来黑鱼汤。黑鱼汤是补钙的，有益于断骨的连接生长。每天，妈妈早早来到涡河岸边的渔船上，买一条活蹦乱跳的黑鱼，回家慢慢地在炉子上炖汤。

陈小男是将黑鱼汤，连同妈妈的骂声吃到肚子里的。陈小男想，想怎么骂就怎么骂吧。对于妈妈的爱与恨，陈小男似乎衡量出轻重来。只是，这条脚不能白白地断了。陈小男恨恨地想。

空闲时光，陈小男的手指像蝴蝶一样，在手机上点来点去。

有一天，病房里来了一个记者。记者说，看到陈小男的微博了，想具体了解了解涡河三桥，了解了解陈小男，了解了解陈小男那天的不幸遭遇。

再一天，陈小男正在拨弄手机，病房里挤来一大堆人。来人送来礼品、鲜花，还有让人温暖的问候。

陈小男的妈妈，总是向来人赔笑脸，总是说陈小男是个不争气的孩子。

第二年春天，涡河两岸麦浪飘香。陈小男来到涡河三桥，腿有点跛。

流泪的花生米

陈小男看见了不同于过去的涡河三桥。桥体仍呈拱月形，只是那一滑到底的脚下，变成上下各一百五十四个共三百零八个台阶。

这次陈小男的到来，是规划处刻意安排的。有人将陈小男从家里用车接来，再用车接走。他们只要陈小男一句话，这样修改是否满意？如果满意，请在自己微博里说明。

从此以后，陈小男除了上学，就是待在家里，洗衣、做饭、打扫卫生。

陈小男的妈妈似乎变了一个人，那些不良的恶习，似乎被她一不小心弄丢了。

陈小男在前面走，妈妈撵过来递一张热油饼。带着路上吃，别饿着。

偏　方

梗概：俗话说，偏方治大病。而老安的两个儿子，都考上了名牌大学，他用的是什么偏方呢？真相大白之后，各级吓坏了，绞尽脑汁掩盖这个偏方。

老安的大儿子考上了清华。

老安的二儿子考上了北大。

整个小村沸腾了。

村主任给乡长汇报：我们村是风水宝地哩。

乡长给县长汇报：我们乡是风水宝地哩。

县长对县电台、电视台和县报的记者说，我们县是风水宝地哩。

　　记者就像一窝蜂，一起从县里飞向乡里，从乡里飞向村里。而后从村里飞向村主任家，又从村主任家飞向老安家。

　　老安家车水马龙。

　　村里车水马龙。

　　乡里车水马龙。

　　很快，县里的消息也像一窝蜂，一起从县里飞向省里。

　　省里把县里夸得像一朵花。

　　县里把乡里夸得像一朵花。

　　乡里把村里夸得像一朵花。

　　村里把老安夸得像一朵花。

　　村主任神秘地对乡长说，你知道我们村老安家成功的秘诀吗？

　　乡长摇摇头。

　　村主任把嘴凑到乡长的耳朵上。

　　乡长点点头，而后竖起大拇指说，偏方啊偏方。

　　乡长神秘地对县长说，您知道我们乡老安家成功的秘诀吗？

　　县长摇摇头。

　　乡长把嘴凑到县长的耳朵上。

　　县长点点头，而后竖起大拇指说，偏方啊偏方。

　　最早的时候，是老安把嘴凑到村主任的耳朵上。老安说，就这，千万别跟别人说啊。我只跟您说，不怕丢人。别人知道，还不丢死人。

　　村主任说，你老安还不相信我，这世上你可以不相信任何人，包括你老婆，但都不能不相信我。我是啥人，你难道不知道？村主任说这话儿的时候，明显带有不满

流泪的花生米

的情绪。

老安手忙脚乱。村主任，我不相信您，不知道您的好，还能跟您说？

记者的报道连篇累赘。有的记者说，老安的祖上就是文化人，他们家是一脉相承的结果。又有的记者说，老安一生面朝黄土背朝天，穷则思变。老安的儿子，是穷人家的孩子早当家啊。还有的记者说，老安有重大战略眼光，知道重视文化，知道科学技术是第一生产力的科学内涵，是理论联系实际的结晶……

老安一脸的茫然。

村主任一脸的茫然。

乡长一脸的茫然。

县长一脸的茫然。

老安两手一摊，对村主任说，怎么会这样呢？

村主任不语。

村主任两手一摊，对乡长说，怎么会这样呢？

乡长不语。

乡长两手一摊，对县长说，怎么会这样呢？

县长不语。

这个偏方，只有老安知道。老安的门后面挂两根棍。老安曾对村主任说，槐树的是打老大的，桑树的是打老二的。

村主任对老安说，知道了，别对人家说了。

乡长对村主任说，知道了，别对人家说了。

县长对乡长说，知道了，别对人家说了。

大雪之年

梗概：大雪之年，注定是个灾年。在灾年年关来临之际，父母亲的痛苦和无助交割在一起，如同一团乱麻。灾难突然降临，彻底打乱了那个年。

腊月二十九，父亲还在牌场上吞云吐雾。

母亲找到牌场，一巴掌贴到父亲的脸上。母亲牙齿磨着牙齿说，都几点了？还来！

父亲被这突如其来的变故，先是吓了一跳，接着嘴里就像是吃了屎，不干不净地骂母亲。母亲不让，便你撕我拽地打了起来。

父亲和母亲直到把打牌的人儿打散，把村子里的长辈们一个个地打过来，才算熄灭了这场战争。

此时，雪已经从北边的天空上飘下来。起初，是一片一片的，如同谁撒下的白纸屑。后来，又嫌不过瘾，把成把成把的白纸屑从天上撒下来。不一会儿，晒场、草垛和麦苗地里便落下了一层，又落下了一层。从近处往田野里看，白茫茫的一大片。

拉架的人们，边缩着头躲着雪，边踩着被白雪覆盖了的村前小路回了自己的家。自己的家，也被白雪覆盖得毫无商量。

父亲独自对着大门，抽着冒着青烟的旱烟。烟雾在父亲的头顶上缭绕，好像无数只从天而降的雪花。母亲坐在床前，一把一把地抹着眼泪。母亲的眼泪，飘飘洒洒，仿佛是祈求，是哀告，或是对新年的期盼。无论是什么，

流泪的花生米

都无法挽救大雪纷至。

母亲的眼睛像桃子一样，红红地挂在脸上。雪，还在飘着，如同一个没完没了唠叨的母亲。似乎母亲的唠叨有多少，天上的雪花就有多少。而母亲的唠叨被父亲征服了，天上的雪花儿，还在无休无止地飘落着。父亲在心里诅咒着，但无法阻止这场大雪毫不犹豫地到来。

父亲嗑掉一袋烟，又嗑掉一袋烟。当父亲嗑掉最后一袋烟的时候，母亲已经昏昏欲睡了。

大雪已经像一床厚厚的棉被，把村庄遮盖得严严实实。

父亲将一个宽大的编织袋披挂在肩正的身影，歪歪扭扭地消失在村外的树林里。雪，无声无息地飘下来。母亲先用目光搜索着父亲，整个屋子散发着寒冷的气息。母亲有点儿慌，再轻唤了一声，仍寂静如初。母亲就如一头疯狂的羊，但仍唤不来父亲的应声儿。

母亲望着一望无际的雪，心头充满了无限的寒气。那一夜，母亲却出人意外地没有了泪。母亲在盘算着，明天，无论如何得上一趟集，把小半袋黄豆扛过去，然后换半斤肉来，像模像样地过个年。年，对于子女们来说，是多么神圣的事儿啊。

母亲坚定了想法之后，很利索地把柴门掩上，然后踏踏实实地在床上打起了呼噜。

雪，像个无休无止的说书人儿，在重复着只有自己烂熟于心的故事。远处，只有一眼望不到边的白。

大年三十的早晨，母亲没有听从鸡叫的规律，第一个从村庄的睡梦中起来。母亲想，先讨个头彩，把对未来的希望弄得踏实些。

母亲第一个打开房门，远处仍是白茫茫的一片。母亲想，日子会好的，会像今天一样走在人家前面的。

母亲轻轻吸了一口气，寒冷立即渗透了她的全身，令母亲着实打了一个喷嚏。母亲低头打喷嚏的时候，父亲就趴在她的面前。父亲摆一个五马分尸的姿势，左手一只野兔，右手一只野兔。

母亲把只有微弱气息的父亲拖到屋里，屋外的雪也被母亲拖到了屋里。

雪停的时候，父亲也停止了呼吸。

母亲没有吭声，母亲用两只野兔十分大方地打发了那个年。

母亲想，等过了年，就安葬父亲。母亲只对我们说，大雪兆丰年啊！母亲说完这句话儿的时候，背过身去，面对一望无际的雪野，眼睛里流下关不住的东西。

针线活

梗概：针线活是奶奶的绝活，是一代又一代人赖以生存的法宝。时代进步了，"我"无可奈何地继承了老辈人传过来的针线活，针线活是不能忘却和丢失的活儿。

院子不大不小，清一色的红砖铺地。有太阳的日子，奶奶将院子收拾得十分利索。那些调皮捣蛋不知好歹的鸡鸭鹅狗们，都被奶奶哄出去关在门外了。

奶奶开始做针线活。

奶奶戴一副缺了腿的眼镜，而她用一根线绳巧妙地挂在耳朵上。奶奶的眼镜片在阳光下熠熠生辉，针的技

流泪的花生米

术却一年不如一年。尽管奶奶冲着太阳的方向，尽管奶奶的眼睛眯成一条缝，尽管奶奶将线头在指间捻了又捻，可是奶奶手中的线头就是钻不过针眼，就是让奶奶做针线活的前奏杂乱无章。

奶奶神清气爽地喊我，丫头，过来哟。

我故意将头埋藏到书本里，脸上荡漾着窃喜的笑花儿。直到奶奶长长地歇一口气，将过来帮个忙这句话说完，我才装模作样云一样飘过去。

奶奶的针并不难认，我往往一次中的。

奶奶从眼镜上面溜出来的目光瞟着我。丫头，教你做针线活吧。

我噘嘴跺脚，不！就不！

娘闻声从厨房里跑出来，厉声训斥，不懂事！怎么跟奶奶那样说话！

娘从来不敢跟奶奶高声说话。在娘眼里，奶奶不仅是亲人，而且是师长。

娘的针线活就是奶奶手把手带上路的。

那一年，爹把娘从山东偷领回来。奶奶盯过娘的脸、胸、腰、腿一直到脚，最后回头盯在娘的一双小手上。奶奶问，会做针线活？娘摇摇头。

夜里，奶奶从娘屋里叫出来爹，毫不留情地把爹骂个狗血喷头。不长眼的东西！不会针线活，能拖家带口？不会针线活，能养儿育女？不会针线活，能过细长日子？奶奶声色俱厉的反问排比，将爹的头弄到裤裆里，将大字不识一斗的自己弄得十分高大，将满天的星星弄得眼睛一眨一眨的。

娘小心翼翼地侍候着奶奶。通过一年多的亲情感化，奶奶才答应收她为徒，教她做针线活。

　　奶奶的针线活做得地道，方圆三五里小有名气。每逢谁家的闺女出门子，奶奶会被东家请过去。一来帮闺女做件上轿子的衣服，二来指点一下闺女的针线手艺，好让婆家刮目相看。那时奶奶的眼睛笑眯眯的，乐呵呵地一路春风，教起闺女针线活来头头是道有板有眼。东家过意不去，临走送些糖果饼干之类的吃食，奶奶坚决不收。奶奶回头跟娘说，穷点没啥，别让人家瞧不起。

　　奶奶已经不止数次要教我做针线活，每次我都恶语加白眼。奶奶不生气，仍然会笑，跟弥勒佛似的。只是娘脸上挂不住，每次都是她对我恶语加白眼。

　　奶奶出来帮我打圆场。甭怪她，丫头还小，大了啥都知道了。

　　我一心掉进书堆里。在那个闷热的夏天，我终于考上了大学。

　　奶奶高兴，做了半个暑假的针线活。奶奶做鞋，做褂子，做裤子。临上车，奶奶将一网兜的绝活塞给我。可是我一件没穿，在第二年的寒假，我将它们悄悄带回来，偷偷放进奶奶的箱子底。这些土里土气的东西，怎么能在时尚飞扬的大学校园里穿出去？

　　奶奶的针线活一年不如一年。到了她认针困难的时候，长年没有一家请她的。

　　奶奶照旧做自己的针线活，仿佛她有做不完的针线活。娘看着磕头打盹的她心疼不已。娘说，谁现在还做针线活？谁还穿手工做的活？娘的语气发生明显的变化，在履劝无效的情况下，明显掺杂着不满的成分。

　　奶奶很少生气，依然做着针线活。尤其是无风无雨有太阳的日子，奶奶还会将院子里的东西清理干净，关上木门就着阳光做针线活。有一天，有只下蛋的鸡将蛋

流泪的花生米

不知下到哪儿去了，娘忍无可忍跟奶奶吵了一架。

奶奶拉我评理。趁娘下地走远，我评奶奶的理儿。奶奶，不就一只蛋吗？有什么了不起？做一辈子的针线活了，您老想怎么做就怎么做。我啊，坚决支持我的老奶奶。

奶奶干瘪的嘴唇直哆嗦，似乎枯叶即将从树枝上落下来。

奶奶卧床不起的冬天，我工作的企业倒闭了。自然，我成了一名刚就业就下岗的工人。

我含泪翻出奶奶做的针线活，一针一线地从头学起。

后来，我开了一家店，店名叫老祖母针线坊。再后来，我注册了一家公司，生意越做越红火。

丫 头

梗概：丫头因为是个丫头，受到了爹娘的歧视。又因为丫头的任性和不羁，使他们感到绝望。时代在变，命运也在变。丫头的幸福，来得有点猝不及防。

丫头来到这个纷繁的世界，爹和娘都没有足够的思想准备。娘浮肿的面庞飘起阴云，爹的白发时常被从自己嘴里升腾起来的烟雾所覆盖。

三个月了，爹没给丫头起名字。这对一个鲜活的生命来说，似乎有太多的不公平。不公平归不公平，反正爹觉得丫头是多余的，是不该来到涡洼村这个王姓家的。王家已有两个丫头，满指望这一回是一个可以延续王家烟火的，没想到还是一个赔钱的丫头。

三婶来串门，劝娘该给孩子取个名字了，小猫小狗还有个名字叫呢，何况是个活蹦乱跳的孩子。娘的眼泪如秋后树叶似地落下，嘴里叹息，似又抱怨自己似的说，怎么还是个丫头？三婶跟娘的关系处得不错，是能跟娘说进去话的好心肠人。三婶说，就叫丫头吧。就从三婶嘴里，丫头丫头的就叫开了，丫头的名字就叫了丫头。

丫头稍大，脾气性格一点儿都不像丫头。上学不行，成绩差，经常吃"鸭蛋"。老师多次劝她退学，正赶上乡里扫盲，分管扫盲的郭副乡长做通了校长的工作。郭副乡长说，就让丫头充一个人数，上边来检查，从街上拉人不还得倒贴钱吗？而丫头的调皮捣蛋，则是相当出名的。砸后勤主任家里的玻璃，翻墙头偷校外菜园的瓜，一拳把野小子三汉打倒在地等等，这些男孩子干的事儿，让丫头干完了，不让丫头出名也不行。

爹的心里本来就没有丫头，而当所有的坏名声都安排到丫头头上后，爹狠狠地打她，扬场掀耙打折了三个。丫头在爹面前从不反抗，仿佛自己就是爹的出气筒。爹打得越狠，丫头牙咬得越紧。娘也没能给丫头一个好脸，嘴里骂着，该死的丫头！还觉得不解气，两脚往硬地跺了跺。最后三婶落了泪，说这丫头的命咋这么硬呢。

上到初一，扫盲任务取消了，丫头的学籍也被学校转给了别人。丫头回到涡洼村，仍改不了顽皮的性子。那会儿，全国各地热映电影《少林寺》。丫头学着少林小子的样子，腿上绑沙袋，头上开红砖。为了学以致用，今天不是踢飞张家的鸡，明天就是暴打赵家的狗。娘喊丫头的时候，就多了一个字：臭！臭丫头从娘嘴里出来，娘一点儿都不觉得臭。

流泪的花生米

仿佛一夜之间，丫头的个头长到一米七，身材挺拔，面庞俊朗，走起路来有形有神。若不是丫头是一匹野马，追逐者应该是成群结队的蜜蜂。但是丫头的名声出去了，一提起她，方圆十里八里，没有不知道涡洼村有个野丫头的。有的只知道野丫头，不知道是涡洼村的。一提起涡洼村的野丫头，涡洼村的知名度也提升了。

丫头的大姐嫁到十里外的刘庙，姐夫不仅是酒鬼，还是赌鬼。仗着自家弟兄们多，经常把姐姐打得鼻青脸肿。姐是个懦性人，挨了打回到娘家只拼死拼活干农活儿，害怕说出来惹爹娘生气。姐也常在心里说，自己要有哥有弟，他也许不敢那么猖狂。姐瞒得严，却瞒不住娘的眼睛。娘知道后只有哭，如春天的面条子雨，没完没了地落泪。娘的眼泪惊动了丫头，丫头拎一把菜刀，到刘庙就把姐夫砍了。从此，姐和姐夫相安无事。

就是这件事儿后，爹和娘才改变了对丫头的态度。与丫头说话的时候也多了，而且去掉了前面的臭字和野字。爹和娘从有丫头以后，再也没能力要孩子了。娘跟三婶说，也许就是这个命，没有儿子，老天给派个儿子似的丫头。

丫头的婚事，摆上了议事日程。为这事儿愁的除了爹和娘，就是三婶。三婶走东家，串西家，就想给丫头找个好人家。丫头转眼不小了，二十五六的姑娘，怀里该抱娃娃的。忙上年把，仍没有结果。一听说是丫头，有个别小伙子也动了心，可人家父母不愿意，亲戚朋友也跟着不愿意。娶她啊，想找死！

倒是有一个找上门的，丫头没看中。南庄的钱永强，富得流油的包工头。前年老婆得癌症刚走，家里还撇下一个三岁半的女儿。钱永强出手很是大方，放出话儿来，若是丫头肯过去，给五万元的彩礼，另给丫头爹盖三间平顶房。丫头把媒人骂了回去，还差一点儿砸媒人的头。心说，你看他钱永强灰不溜秋的熊样，整个一个武大郎。

事儿又拖了两年，钱永强还是把丫头娶进了门。

丫头的肚皮争气，进钱永强门的第二年，就一胎给钱永强生两个胖小子。

钱永强高兴啊，兑现了承诺，还捐十万块钱修了一条从南庄到涡洼村的渣子路。

丫头现在在家做全职太太，娘隔三岔五从渣子路来到南庄，帮丫头料理家务和孩子。

钱，钱永强捧着手给她花。

玲 玲

梗概：曾经身为校花的玲玲，有着令人羡慕的前程。一路走来，情况却发生了逆转性的变化。命运无形，成长也无形，谁的成长没有烦恼呢？

1982 年的涡河中学，最出名的有两个人。一个是初一没上完就回家的丫头，另一个就是校花玲玲。

玲玲是个幸运儿。在涡洼村，玲玲的爹是唯一一名国家正式工人，在马钢。玲玲爹从马鞍山回来，穿翻皮棉鞋，披羊毛大衣，吸过滤嘴香烟，骑永久牌自行车。说着讲着，涡洼村的年就在寒冷的天气里慢慢走来了。玲玲爹每到过年，才回家一次。平时啊，忙，走不开。玲玲家的人气最旺，年初一屋里塞得满满的。大多的乡邻是来吸玲玲爹的过滤嘴香烟，还有个别图个惊奇的。

流泪的花生米

玲玲爹耸一耸肩膀上披挂的羊毛大衣说，马钢那个大啊，怎么说呢，有涡洼村五个那么大。那时，大伙儿的嘴张得特别大，仿佛能塞下刚升起的太阳来。

无疑，出生在这样的家庭里，玲玲是十分幸福的。玲玲吃的穿的，还是用的，都比别人强十倍。玲玲还说，等她长大了，就去马鞍山，去那里接爸的班，当工人。同学们都注意到了，玲玲喊爹不是爹，是爸。啧啧，多么有品位的称呼。

初一的下半学期，玲玲忽然变了一个人。长长的头发剪了，留齐耳短发。个头忽然高了，好像上了肥，一家伙窜到一米六九。跟着高的，还有玲玲的胸脯，走起路屁股也翘了起来。到了青春期的玲玲，给涡河中学增添了无比的魅力。玲玲走到哪儿，哪儿就有成堆的男孩子的目光，就有成串的口哨声此起彼伏地响起。一些男生的学习成绩，直线下降。老师在课堂上，反复强调早恋的坏处。甚至体育老师张秋明说，同学们，少女的心，秋天的云啊。

好多的理想，犹如肥皂泡，一吹就灭。玲玲长大要去马鞍山吃商品粮，自然要嫁到马鞍山。像咱们这些土包子，人家能看得起？张秋明教育自己学生的同时，也像自我安慰自己。

一天夜里，玲玲邀来丫头，砸了张秋明一砖头。砖头砸到张秋明腿上，整整瘸了一个冬天。丫头不知道砸的是自己的老师张秋明，玲玲只对丫头说，一个坏蛋，胡汉三一样的坏蛋。丫头为朋友两肋插刀，为此玲玲和丫头保持着姐妹的情谊。丫头尝过马鞍山的糖，还有马鞍山的香蕉和苹果。

玲玲最终没能去马鞍山。玲玲的爹虽然是国家正式工人，但仍没能脱离涡洼村鼠目寸光的老观念，他提前退休，让玲玲的哥哥，也就是自己的儿子接了班。玲玲似乎很恨自己的爸，但又觉得爸在涡洼村是十分了不起的。

使玲玲脱胎换骨的是郭副乡长。郭副乡长的儿子，一直暗恋玲玲，而玲玲一点儿都不喜欢他。据说，郭副乡长的儿子有间歇性癫痫症，按淮北的方言说就是羊羔子疯。犯病时，口出白沫，头脸乌青。若是不犯病，好人一个，鼻梁骨上架一副近视镜，还有一种儒雅的风度。

郭副乡长就是郭副乡长，如同当年留住丫头多上几年的学一样，表现出非凡的办事能力。他现成的肥缺不干，退了，让玲玲顶班。自然，儿子和玲玲的婚姻就水到渠成了。

小郭的病说犯就犯，有时候犯的十分蹊跷。从新婚之夜算起，每次和玲玲亲热时就犯。玲玲吓得不轻，以至于睡不好觉，一想起那事儿，就心惊肉跳。整个一个美人胚子，瘦得只剩一副骨头架子。

玲玲只得常年请假，陪小郭全国各地看病。无论到哪家医院，都是言之凿凿。而对于小郭，却不见好转。

玲玲花空婆家的钱，还欠丫头五万块钱的债。丫头说，有就还，没有就拉倒。

枣　红

梗概：从乡村脱颖而出的枣红，成为一名光荣的人民教师。在婚姻上，她排除干扰，坚持着自己的选择。事实证明，枣红的选择是正确的。

流泪的花生米

　　枣红就像一粒芝麻盐，撒到一锅汤里，既不香也没味儿。同样从涡洼村出来的娃娃，枣红就是涡河中学的一粒芝麻盐。丫头和玲玲声名鹊起的时候，知道枣红的寥寥无几。

　　后来，枣红考上了师范学校，才使枣红的名声与丫头和玲玲相提并论。枣红是第一个从涡洼中学考出的秀才，是第一个从学校走出农门的幸运儿，按现在时髦的说法，是第一个吃螃蟹的人。枣红上县城读师范的那一年，涡河中学张灯结彩，如同过节似得喜气洋洋。特别是两鬓斑白的老校长，专门写了一个大大的喜报，一路走来一路歌，直到把它牢牢地贴在乡政府的大门口。仿佛老校长的从教一生，真正是从枣红这儿开始的。

　　枣红的名声一度超过丫头和玲玲，成为涡洼村长辈人教育晚辈人的典范。连玲玲在马鞍山当过工人的爸，都对枣红竖起大拇指。这孩子，有志气。

　　枣红再回到涡洼村，身份就变了。枣红彻底脱掉了身上的土气，言谈举止之间不由自主地流露出一种高贵和傲慢。不仅如此，枣红是涡洼小学唯一的一名公立教师。王校长教了三十年的书，身份还是个民办的。枣红一来，工资就比他高出一大截儿。王校长有一次对枣红说，过两年，我退了，校长就是你的了。

　　枣红的课代得不错，当年就甩掉了全乡抽考倒数第二的帽子，一下子跨进了先进行列。乡中心小学要了几次，让枣红到乡里去代课。涡洼村的村主任不同意，涡洼村的父老乡亲也不同意。枣红的爹迫于压力，一直在做枣红的工作，让她千万别离开涡洼村。她爹说，当初咱家穷，受过乡亲们的恩。当年自然灾害，不是乡亲们，差点儿没有咱这一家子人家。枣红一开始也想去乡中心小学，人往高处想嘛，何况枣红的一个叫柳梦飞的同学在乡财政所，对枣红有那么点意思。可是爹声泪俱下的诉说，仿佛一根银针，把自己钉在了涡洼村，一步都不能动。

枣红跟柳梦飞的那层意思，由于枣红的原因，没能得到继续发展。柳梦飞娶了派出所所长的千金，在乡里吃香的喝辣的。有一次，为了小学的宅基地问题，枣红通过柳梦飞找过他泰山。柳梦飞酒足饭饱之后，把自己的能耐吹得天花乱坠。枣红顿生厌恶，心中的金字塔轰然倒塌，再也没见柳梦飞一面。柳梦飞有次给她发了个暧昧信息，枣红毫不犹豫地删了。

枣红到涡洼小学任老师的第三年，小学分来一个叫张思贤的，是枣红的师弟。枣红那时已是涡洼小学的副校长了。

枣红和张思贤成了家，办事的那天，涡洼村又多过了一个年。

枣红有个女儿，十分聪明伶俐。枣红的爹抱着外孙女，骄傲地说，又是一个大学胚子。张思贤不见外，也喊枣红的爹叫爹，这种不分里外的喊法在涡洼村很特别。涡洼村的父老乡亲都夸张思贤，这孩子懂事。

涡洼小学成为全乡屈指可数的好学校。丫头两个虎头虎脑的儿子也在涡洼上小学，枣红代语文，张思贤代数学。两个孩子贪玩，学习不咋样。暑假前，丫头来找过枣红。拜托枣红两口子好好管教自己的儿子，将来能够子承父业出人头地。

临别，丫头说，抽时间咱姐俩去看看玲玲。枣红满口答应。

第四辑　社会百态

　　导读：社会本来就是一个包罗万象的万花筒，既繁花似锦，姹紫嫣红，又千奇百怪，光怪陆离。商场、官场、职场、情场，轮番出场，场场精彩。市井、场景、美景、陷阱，花样翻新，井井有条。人物、事物、动物、植物，千姿百态，物物有情。社会是舞台，人既是导演，也是演员。无时无刻不在上演精彩的故事。

培　养

　　梗概：县长的儿子先由"我"来培养，"我"把他培养成科长。科长由局长来培养，很快成为局长。局长的结局跟"我"这个科长一样，也从局长的位置上被培养了下来。县长的儿子到底怎么来培养？由谁来培养？这是个严肃的问题。

　　县长的儿子大学毕业分到局里，局里又把他分到我的科室。

局长郑重其事地对我说，你们科很重要。可以这样说，你们科是我们局的中枢神经。也可以这么说，没有你们科，就没有我们局。

我从来没觉得我们科这么重要，经局长这么一说，我认真地思索一下，局长说得对，十分对，我们科还真是那么回事儿。我心里喜滋滋的，如嚼着一块木糖醇。再延伸一步，也就是说，我这个科长很重要。

局长吸一口烟，用目光深情地打动我一下，接着痛下决心似地说，所以，县长的儿子别的科我不会安排的，就安排到你们科！

我把科里重要的工作，几乎都安排给了县长的儿子。

有一天，县政办主任通知，县长要到我们局调研。

我们局里的每一个人，都慌得像没有头的苍蝇似的。局长，副局长早在大门口躬腰哈背望眼欲穿了。

县长下了车，没到局长室，也没到会议室，直接奔向我们科的办公室。县长始终笑吟吟的，脸上荡漾着无穷无尽的春光，走路的脚步轻得像只猫。

局长跟在县长的屁股后头，唠唠叨叨地汇报局里的工作。局长把局里的工作汇报得天花乱坠，把局里的困难说得像芝麻粒那么小。

县长像听，又像没听，脸上只有堆积的笑。待转进我们科，才拐过头来问局长，这个科谁是科长？

局长马上招手让我过去，嘴里忙说，他呀，是他。

县长伸出右手，握住了我的右手。县长的手很宽大，把我的手一下子包住了。县长的手很有力，我的手在他的手里像一只笼中的鸟。县长的手很温暖，我的手马上生出许多汗来。县长手的温暖，通过我的手，传遍了我的全身，我身上立即热气腾腾的。

县长语重心长地对我说，儿子在你科里，你要多多培养他啊！

县长说完话儿就要走，局长双手拽都没能拽住。从那以后，局长经常到我们科，问问我对县长儿子的培养情况。过去，可以说，局长几乎不来我们科。即使有重要的事情，他也是打个电话让我过去。

不久，县长的儿子被培养成了副科长。

又不久，局长打电话让我过去。局长问我，在科里累不累？

我说，累，是累，那么多的工作还能不累！我之所以说累，一是我有意向局长表功，说明我的工作十分积极；二是我的确累，必须给局长讲实话。局长是个务实的人，对下边的人喜欢实事求是，一是一二是二，不喜欢夸大其词花言巧语。

局长吸一口烟，用目光深情地打动我一下。然后痛下决心地说，准备把你调到老干部中心去。我考虑过来考虑过去，调谁都没有调你最合适了。我看你累得上气不接下气，我心疼啊。局长说完这段话儿，眼睛流露出一丝丝悯惜之色。

自然，我的讨价还价是没有用的。这里就不说了，说了只能是赘述。我去了老干部中心，县长的儿子当上了科长。

老干部中心是个闲差，同时还是个地地道道的清水衙门。没有事做，我迷上了网络。网络真是个好地方，原来在科里工作的时候，忙得屁股不沾板凳，哪知道网络是个好地方呢。在网上，我注册了一个叫伟哥的网名，跟帖的美眉马上如滔滔江水滔滔不绝。我说，我是伟哥我怕谁？美眉们马上眉来眼去投怀送抱。就这样，我的日子过得十分滋润。

再不久，县长的儿子培养成了副局长。

其实，这关我屁事儿，与我何干呢？不是吃辣萝卜咸(闲)操心吗？可是，同事们非把这消息往我耳朵里塞，弄得我耳朵孔里十分混乱，一会儿是美眉的嗲声嗲气，一会儿是同事们的无奈叹息。

有一天，局长垂头丧气地来到老干部中心。局长从来不来老干部中心，局长来到的时候，我正在网上跟一个叫陈倩倩的美眉举行婚礼。我吓了一跳，赶紧停掉那神圣而又隆重的场面。我忙对局长赔不是，噢，局长，不好意思，我不该搞这些与工作无关的东西，与道德伤风败俗的东西，与单位与家庭与社会有害无益的东西。我马上写一份检查，一份深刻的自我反省材料，亲自双手交给你，一定！马上！

局长被我说得脸色通红，像抹了一层红颜色。局长说，哪跟哪啊，我真的是来请教您的。我想让您把我培养成一名网络高手。

我眼瞪得像鳖蛋似的圆。

局长见我犹豫怕我不相信，又说，我说的都是真的，没有半点假话。我可以对天发誓，如果我说的是假话，就天打五雷轰。

我说，真的？

局长说，真的。

我在心里极速揣摩，局长葫芦里到底装得什么药。一个同事慌里慌张地闯进来，上气不接下气地说，县长的儿子当局长了。

老局长的脸红得更厉害，像是被谁用巴掌毫不留情

流泪的花生米

地左一下右一下地用力扇的。

我想问老局长，是你培养的？

但我没说，的确是没有勇气说，老局长还让我把他培养成网络高手呢。

规　矩

梗概： 新娶的媳妇必须懂规矩、守规矩，这是老辈人定下的死规矩。婆婆要求儿子给媳妇立规矩，儿子立了。媳妇来了儿子，也开始给婆婆立规矩。看来，规矩是都要遵守的家庭纪律。

桂花娶进门。

娘对立新说，得给她立规矩。

立新正在整理着晒场，麦子一天天由青变黄，眼瞅着就到收获的季节。立新看一眼娘，娘立在场边，双手抱在胸前，像一尊表情严肃的刹。立新没有回答娘，仿佛娘是对别人说的。娘又叫一声立新，语腔里明显带着药味儿。立新知道娘有点儿生气了，娘就是这样要强的人，眼睛里揉不得一星点儿沙子。立新停下手中的活儿，直起腰来，向地那头望去。一团耀眼的红，仿佛一堆火苗在立新眼里旺旺地燃烧。立新的媳妇儿桂花，还沉浸在新婚的喜庆里。村子里的调皮孩子们，也看到立新地头的那团红。孩子们唱：新媳妇新又新，两个妈头有半斤……孩子们的儿歌一声高过一声，随着暖暖的风儿，传到桂花的耳朵里，桂花的脸蛋也升起两片红。

立新狼吞虎咽地吃罢饭，嘴一抹，点着一根烟。娘还在吃饭，把立新吃剩的菜吃得有滋有味。娘拿目光盯立新，立新已经觉察到了，但立新装作若无其事的样子。桂花在厨房里喊，立新，把碗筷收过来，我在刷哩。桂花的喊声绵绵的，有点儿似猫叫，撩得立新心头痒痒的。立新吐一口烟，眼睛的余光碰到娘的目光，立新感到被谁用棍子戳一下，才刚软下来的心肠又石头般冰冷坚硬起来。桂花又猫叫一声，立新，你听见没有？立新早已听见，而且听得真真切切，立新却如院子里的那棵槐树纹丝不动。

晚上，立新的屋子里传出玻璃粉碎的声音，然后又传出桂花嘤嘤的呜咽声。

日子就像跑着过似的，转眼就到了年关。

桂花早早准备了一些东西。今年是桂花回娘家的第一年，无论如何礼物要办得体面些，免得娘家嫂子笑话。桂花早起的时候，抓了两只鸡。鸡被拴了腿，在院门前咯咯嗒嗒地叫。桂花怕鸡饿了，又撒上一把麦。两只鸡争食，一会儿便真刀真枪地打斗起来。鸡是必须准备的，两家都图个吉利。桂花问，还准备些什么呢？说啥得准备四只礼呀。娘和立新都在院子里站着，站着看那两只鸡战斗着。立新一脸的兴奋，说斗啊斗啊。娘的脸上没有立新脸上的喜悦，娘在盘算着那两只鸡浪费她多少麦粒儿。桂花的那句话儿，好像是对娘说的，又好像是对立新说的，也好像是自言自语。不论是对谁说的，桂花的观点很明确，那就是少了四只礼，是不好看的。娘儿俩只顾看斗鸡，对于桂花的立场，总是不咸不淡的。桂花明显感觉到不和谐的气氛，桂花不由自主地想起自己没过门的时候。立新娘托媒人三天两头往桂花家跑，桂

流泪的花生米

花家的门槛都被媒人踢踏破了。每次下礼也很重，不是四只礼，就是六只礼。桂花想起往事，眼圈红红的。

桂花一去娘家，就没有回来。

立新蹲在槐树底下抽闷烟。打春有些日子了，槐树已经吐了芽，有的枝条槐花已露出笑脸。娘说，立新，得上一趟集，家里的油盐都没有了。立新不说话，只顾吸烟，院子里的空气被他弄得乌七八糟的。

桂花是被娘家哥送回来的。桂花的肚子已隆起老高，仿佛一个枕头塞在胸下的衣服底下。

又快到了年节，桂花生了个大胖小子。

娘和立新乐得屁颠屁颠的，满村子报喜，像两只喋喋不休的下蛋鸡。

桂花倚在床上，乳头把孩子的嘴塞得满满的。

桂花说，得杀一头猪，杀一只羊！娘和立新都站在院子里，院子飘荡着厨房散发出来的肉香。桂花那话儿仿佛对娘说，又仿佛对立新说，也仿佛自言自语。

娘说，好！立新也说好！

桂花又说，得租一班响，不要张家的，也不要李家的，就要朱家的。

娘说，好！立新也说好！

桂花再说，娘家人得去接，所有娘家来的人得坐堂屋，不能坐偏房。

娘说，好！立新也说好！

……

娘对立新说，这孩子咋这么多规矩？娘说这句话儿的时候，嘴上笑眯眯的，脸上像撒了一把金子，亮闪闪的。

耳 语

梗概：一个看似平常的耳语小动作，在机关里暗藏玄机。谁能跟局长耳语？就证明谁是局长的亲信。亲信跟局长说了些什么？只有局长知道。哎哟哟，到底说了些什么？的确搞得人心惶惶啊。

陈局长刚到我们单位当头儿。

单位几乎所有的人，都挖空心思讨好和巴结陈局长，包括我。也难怪，这年头不和领导保持高度一致能出人头地？退一步说，即使吃不到好果子，谁也不愿找不咸的盐吃。

为此，我请了三场客。我把我认为有点儿头脑的同学请了个遍。俗话说，三个臭皮匠，顶个诸葛亮。还别说，同学们的集体智慧闪耀着灿烂的光芒。待我神志清醒之后，我反复整理自己的思路，打算像模像样地跟陈局长做一次深刻全面的汇报。要在平时，凭我多年的工作经验，随便捣鼓几段就能糊弄一个人。而这个时候，是关键时刻，必须有备无患。

晚上，我胳肢窝里夹两条中华烟，怀揣着今后的工作计划，也可以说是决心书，笑容可掬地踏进陈局长家的大门。

还巧，陈局长在。可令我吃惊的，老安也在。老安是我的副手，没想到让他捷足先登了。老安笑眯眯地说，是科长啊。老安说话的时候，两条笑眯眯的眼光盯着我带来的中华烟。我好像做错了什么事，被人忽然曝光似

流泪的花生米

的，脸红得像被破鞋底左右开弓毫不留情地扇了似的。

陈局长没说话儿，刚才跟老安的笑色逐渐从面部退去。好像一阵风，吹上一片沙尘，蒙住他一脸春色。陈局长示意我坐下，然后把老安的脑袋招过去。老安十分会意地递过脑袋，陈局长的嘴巴在老安的耳根边，蝇子似地哼哼两句。老安头点得像鸡啄米，一会儿便满面春风地告辞了。

我身上像爬上几十只蚂蚁，一万个不自在。我心说，有什么重要的事儿，能这样说？仿佛防贼似的。防贼能防谁呢？不是秃子头上的虱子，明摆着是防我吗？所以，尽管我准备得十分充分，可是我的汇报却驴唇不对马嘴。陈局长那晚一直没对我说话儿，有时点点头，有时摆摆手。摆手的频率要比点头的频率多得多，好像我在对一个哑巴说话似的。

从陈局长家出来，我躺在自家宽大的席梦思床上，翻来覆去睡不着。陈局长到底跟老安说些什么呢？

我原以为老安会主动跟我说的，因为我待老安不薄。当初如果不是我极力推荐，老安根本当不上副科长。还有，老安的儿子上一中的时候，不是凭着我跟马校长的交情，几乎连门儿也没有。还有，老安小孩姨找第二个对象，不是我从中极力撮合，绝没有他们现在幸福的家庭。然而，我错了。老安只顾和我打哈哈，关于陈局长跟他说的什么，他连一个响屁都没放。

真是知人知面不知心啊！没想到老安跟老子玩这一手。我心里那个气啊，气得想立即骂他老安个狗血喷头。但是不能，机关单位怎么能像小街闹市呢？如果我真的逮着老安不分青红皂白臭骂一顿，是我的理儿也不是我的理儿了。

172

　　冷静之后，我吓出一身凉汗。难道老安是冲着我的位置来的？或者说，老安想将我一脚踢开取而代之？真是那样的话，我多年的努力岂不付之东流？更主要的是，我的脸还往哪儿搁？我还怎么在蒙城这个蛋大的地点混？

　　我一改过去的臭毛病，只干工作不空谈，干了工作也不邀功。科里的工作被我干得顺风顺水的，生怕稍一大意，位置就被老安抢去似的。

　　有一天，我到陈局长办公室，正好老安也在。陈局长用手奋力往里摆，示意我靠近再靠近。待我的脑袋正要碰到他的脑袋，陈局长的嘴已附到我的耳边说，晚上，景泰楼大酒店，306。陈局长的讲话似乎是蚊子哼哼两声，嗓子好像是哑了，哈不出声。

　　我头点得像鸡啄米。

　　我昂首挺胸从老安跟前走过，老安的眼神怪怪的，仿佛两颗钉子，钉在我脸上似的。

晚上有一个会

　　梗概：张三晚上有一个会。什么会？好朋友李四不知道，其他朋友也不知道。好好的酒场，不仅让这个会搅黄了，也让朋友们的心搅凉了。什么会呢？唉，原来是这么一个捣蛋的会。

　　夕阳西下，铺天盖地的余晖把张三的脸涂抹得流光溢彩。张三迈着轻盈的脚步，走在夕阳的余晖里。张三

流泪的花生米

提醒自己，今晚上哪儿都不能去，自己还有一个会呢。张三边反复地想，边迈着轻盈的脚步。一会儿，暮色四合，街灯开始睁开蒙眬的眼睛。

张三的手机响了，是李四的。李四在电话那头说，张三，快点过来，鸿业国际大酒店。

张三冲李四笑了笑，才回说，我过不去了，今晚还有一个会呢？

李四和张三一个单位，而且都是平起平坐的人儿。今晚他有个会，我怎么不知道，李四想。李四虽然心里这么想，但没表达在嘴上。李四问，会？重要吗？李四在嘴上表达的意思是，什么会比我们之间的友谊还重要。

张三又笑了笑，重要也不算太重要，可是我必须要参加。张三对李四的问题似乎不想回答，而又很委婉地拒绝了他。

李四觉得没意思，寒暄两句，便挂上电话。

张三还是笑眯眯的，脚步迈得很轻盈。

王五的电话来了。一般日子里，张三不是跟李四在一块儿，就是跟王五在一块。要不然，就是他们都在一块扎堆儿。

王五说，我在足生堂，张三，过来泡泡脚。

张三冲王五笑了笑，才回说，我过不去了，今晚还有一个会呢？

王五和张三也是一个单位，级别虽然比张三和李四低一点儿，但他在一个重要的岗位。今晚他张三有会，我怎么不知道，王五想。

王五又说，泡个脚再去开会，轻轻松松开会怎么样？王五心里还在想，这会重要吗？难道比泡脚还重要？平时开会就是凑个耳朵听会，开不开都没有什么意思。甚至说，一句话儿解决的小事儿，非得弄个一二三四来。

张三又笑了笑，对王五先说一句对不起，后说这会我还必须得参加，我就不去了，你自己好好享受啊。说完，张三就愉快地把电话挂了。

李四那晚的酒喝得不得劲，李四满脑子转得都是张三的会。所以，喝过酒之后，李四没像往常一样在茶楼里坐一坐，而是早早地回家，洗脚上床睡觉。李四老婆在看电视，电视里的男男女女要么婆婆妈妈，要么哭哭啼啼，要么搂搂抱抱，要么分分合合。电视插播一段漫长的广告，李四老婆才觉得李四有点儿不对劲。老婆摸了摸李四光秃秃的脑袋，李四在被窝里嘟囔了一句，没事儿，便把屁股和后背扭给了老婆。

王五回家也很早，王五睡不着，便加入老婆看电视剧的行列。可是王五的心思根本没在电视剧上，王五在想张三的会开得怎么样了。老婆问，那个男的什么意思啊，一会儿跟这个女的好，一会儿又跟那个女的好。老婆这么一问，王五溜出去的神儿才转回来。王五问，哪个男的？老婆白了他一眼，心里说，男人没一个好东西！

第二天早晨，张三没去上班。

李四手捧茶杯，慢条斯理地踱进张三的办公室，仿佛不经意地问，张三呢？张三办公室的同事告诉他，张三昨晚有个会，会开得很晚，在家休息呢。

李四嘴里噢噢噢的，冲张三办公室所有的人儿点点头。大伙儿都在电脑跟前忙乎，觉得自己是个闲人，没意思。一转身，找王五去了。

王五正在打电话。王五用的是免提，王五的电话里传来您所拨打的电话已关机的声音。王五也在找张三，可是张三的手机一直都没开。李四进了屋，王五才把电

流泪的花生米

话挂掉。

王五问李四，张三昨晚开的是什么会儿？

李四一脸茫然的样子说，不知道，我就是来问你呢，你也不知道？

王五摇了摇头，一脸茫然的样子。

张三来上班的时候，碰见李四和王五，他俩都哼哼哈哈的，没有人问张三开的是什么会？张三想跟他们说明，又觉得没那个必要，所以也没说，也和他们哼哼哈哈的。

其实，张三昨晚开的是个网络会。在虚拟的世界里，张三的众多网友边喝茶边开会，会开得很轻松，也很愉快。

此后，李四很少打张三的电话。

此后，王五也很少打张三的电话。

张三在网上迅速蹿红，那次会后不久，张三就由分版版主升为版主，又由版主升为高级版主。

患　病

梗概：送走了李四，张三怀疑自己患了病。李四生前与张三形影不离，身体棒棒的，酒量大大的，突然死了。张三怀疑自己有病是有理由的。张三也许没有病，疑心重了，便有了病。

张三从殡仪馆出来，天空格外晴朗，阳光格外灿烂。但张三一点儿也高兴不起来。张三心里在想，五大三粗的李四经火一烧，轻易地就装进一个小盒子里。而且，只轻轻一拎，便带走了。

张三还想，平常的日子里，自己跟李四就总在一块儿。两个人一起上班，一起下班，一起下饭店，一起上歌厅。连桑拿，按摩，找小姐，两个人都形影不离。本来两个人约好，等来年春暖花开，一起去扬州的。李四，说走就走了。

李四临走的那个晚上，张三仍跟他粘在一起。他们喝过酒，又唱了一会儿歌才各自回的家。谁知到了半夜，李四的脑血管就破裂了。

一想起这些，张三的心情就格外沉重。

回到家里，老婆做了一桌子好菜。平时，张三就像不着窝的兔子。现在李四走了，老婆既有悲痛，又有喜悦。只是老婆的悲痛在脸上，喜悦在心里。老婆心里笑，看你张三还不回家？而张三的脑子里抹不去李四，再好的菜，张三都没有胃口。

起初，老婆想，很正常。谁叫他张三跟李四是好朋友呢。张三丢了朋友，没胃口很正常。等过一段时间，自然就好了。

时间很快就过去一个多月，李四的"五七纸"都烧完了，张三还是郁郁寡欢。老婆说，张三，你是不是病了？

张三也想，自己可能是病了。不然的话，怎么对什么都不感兴趣了呢？老婆一提醒，张三算一下，自己和老婆也一个多月没做事了。

在一个阳光明媚的日子，张三在老婆的一再催促下，去了医院。

医院里有张三一个朋友，叫王五。确切地说，王五是李四生前的朋友。因为和李四是朋友，张三和王五自然是朋友。张三和王五不由自主地又回忆起李四，都说，可惜啊可惜！

王五给张三做了全面检查。先抽血化验，尿检取样，再量血压血脂，后 X 光胸透，做心电图。反正，该查的都查了，不该查的也查了。检查的结果，一切正常。

从医院里出来，张三的心情同外边的阳光一样好了起来。张三去了农贸市场，买了许多好吃的好喝的。张三决定今天好好滋润一下，过一过幸福的生活。

张三就在这个时候碰到了赵六。赵六也是张三的朋友，张三情不自禁地把自己的身体状况，说给赵六听了。赵六一脸的愤怒，说，张三，你好糊涂啊，你还敢相信王五？李四生前就是在那个医院做的体检，每次王五都酒气熏天地拍胸脯，李四，没事儿，你啥事儿都没有。

张三心里咯噔一下子，仿佛一块巨大的石头又吊上了。

临分别的时候，赵六再三叮嘱张三，去大医院看看，啊！

张三跟单位请假，去南京。南京那边说，没啥。张三不放心，又去上海。上海那边也说，没啥。张三还是不放心，张三从上海回来的路上想，等续了假，再去北京。

后来，张三干脆请了长假，经常奔波外地看病。

偶尔回来见到单位的同事，同事们关心地问张三，啥病？

张三说，查不出来，反正有病。

同事们上下打量张三，原来身强力壮的，现在怎么瘦得像麻秆似的？

同事们不无同情地交代张三，别急啊，再好好查查。

张三万分感激，抬手从深陷的眼窝里抠出一颗眼泪。

谁来了

梗概：是谁来了？能有这么大的阵势。为了迎接他的到来，几乎所有的职能部门都行动起来了。原来是他，不就是他吗？社会竟然变得这么狠。

交警全部上街，岗亭上加强了警力。昔日的红绿灯下，站立着英姿飒爽的女警。女警全副武装，双手戴白手套，身材俊秀挺拔，动作干净利索，与红绿灯的配合天衣无缝。

工商人员三五成群，正在清理店外店内。他们的语气很严厉，少了过去的劝说。几乎所有的工商人员都是一个口气：三个小时内搬完。否则，罚款三千。这语气，省略了许多的法律程序，包括陈述申辩和听证。

市容局正在对损毁的主干道护栏进行修补，原来有锈迹的地方，紧锣密鼓地加紧刷漆。油漆很白，阳光下有点儿刺眼。中午他们都没下班，有五六个人站在路边满头大汗地吃方便面。

环卫的洒水车倾巢出动。各主要干道，都跑着这些笨重的家伙。白色的水柱，扇面似地打开，正好覆盖整个路面。人群朝人行道散去，各行其道。相向而行的车子，立马摇上玻璃。跟在后面的车子只有耐着性子如影随形。有一个骑电动车的，没来得及拐进人行道，落汤鸡似地淋着水。街道两边发出唏嘘的笑声。

园林规划处的同志，在县界的省道口，用各种各样的鲜花，摆上一个大花坛。鲜花竞相怒放，五颜六色，

流泪的花生米

姹紫嫣红。有白的、红的、黄的、紫的、蓝的……。细一看，是五个字：热烈欢迎您!

社区的干部们根据职责划片包干，赤膊上阵，大打一场垃圾歼灭战。垃圾车左一趟右一趟地穿梭，垃圾堆越来越小。这些城市的毒瘤，正在被信心百倍的人们彻底铲除。仿佛只有苍蝇，嗡嗡嗡地围着垃圾车不肯离去。它们这些活跃分子，正在失去快乐的家园。

文化馆接到一项政治任务，抓紧排演一场既丰富多彩，又凸显地方文化特色的文艺晚会。馆长急坏了，脸上流的不知是汗还是泪。他在电话里哀求，您快点回来，机票给您全报，还安排专车到机场接您。演地方戏的一个名角，远在南方打工，馆长不得不像孙子一样地央求他。

城关二小和西关村幼儿园的院内，分别训练着一群统一校服的孩子。大一点的孩子练着舞蹈，小一点的孩子手里摇晃着彩带。老师一个动作一个动作地教，一个姿势一个姿势地练。她似乎还有点儿不耐烦，不过嗓子哑了，说话的声音越来越变调，好像要冒出火。孩子们的脸蛋红扑扑的，真像一个个熟透的苹果。汗水从头上流下来，通过额头、脸，流到嘴里，咸咸的，涩涩的。但他们有足够的耐心，无论扭、转，还是蹲、卧，都十分认真，生怕有哪一点做得不好，不到位。

城市的上空，有两个滑翔机不停地飞来飞去。滑翔机的噪音很大，飞来震耳欲聋，飞去还余音绕梁。

街道上迅速拉上横幅，如同从地底下一下子冒出来似的。横幅上有大体相同而又不一而是的宣传口号。横幅的下面，都有一行小字，分别写上某某局，某某办，某某处，某某校的落款字样。

大街上有许多闲人。大伙儿仿佛闷在家里无聊，都被这奇怪的现象吸引到街上去了。

大伙儿才想起来，这天是星期天。星期天，大家都在工作，都没有休息。

思维敏锐的人问，谁来了？

大伙儿伸出目光的触角互相探寻，谁来了？

没人知道。

我打电话问一个单位的头儿。这个头儿平时跟我关系很铁，在我这儿，没有什么可以隐瞒的。头儿电话那头气喘吁吁的，不耐烦地说，没事儿玩去，别烦我。我推测头儿不是在加班，就是刚挨上边的批评。不然的话，不会对我发那么大的火。

第二天，这个城市仿佛脱胎换骨，空气中弥漫着芳香的味道。上街的人们，都觉得舒服极了。

一阵警笛忽然划破平静，一队车辆按编号从大街上驶过。每个车子都打着应急灯，并十分礼貌地保持着车距。

来了，大伙儿说。谁来了？大伙儿又问。

大伙儿还是摇着头。

晚饭的时候，我接到一个陌生的电话：五儿吗？

我问，你是？

那头说，唉啊，我是三儿。你让我找得好苦啊！你快点来，我在春色满园大酒店。

三儿，是我小学同学。那一年临放暑假，我一拳打掉他一颗门牙。

车把我接到春色满园大酒店，县委办的主任给我介绍，这是书记，这是县长，这些都是我们县六大班子的领导。主任还说，你是张三的同学，也来陪一陪

流泪的花生米 ~

张三。

我悄声问张三，你小子怎么混这么大？

张三哈哈大笑，一嘴的黄牙在灯光下十分扎眼。

张三后来在我们县办了一个工厂，很大，可以安排上万人就业。

再后来，我在张三厂里当上厂副，月薪八千元。

后来的后来，张三的厂冒出来的烟，把县城上空的太阳都弄黑了。

后来的后来的后来，厂子倒了，张三腰缠万贯地走了。

张三说，跟我走，到外边发大财。

我没去。我说，我恋家，发不了大财，穷命。

高　邻

梗概：一大串钥匙被丢在屋里，被关在屋外的老张着急得像热锅上的蚂蚁。一个刚入住小区的邻居小伙子，冒着生命的危险，帮老张解了围。邻居们在叹服的同时，在心里滋生了另外一种想法。高邻搬走了，大伙儿才舒一口气。

老张出门倒垃圾，一阵惹是生非的风，把老张关在门外。

就那简单的咣当一声，不仅把老张吓了一跳，还让老张脊梁沟里起了一层冷汗。坏了，钥匙丢屋里了。

一大串钥匙啊。单位的，办公桌的，保险柜的，家里大门小门的，更有老张屁股后头一副严肃面孔防盗门的。老张这里的新居，是半年前交工的。虽然在六楼，高了点，但是阳光好，风清气顺的。当初老张就是看中这一点，所以比一楼多出一万块钱。老张是工薪族，让他多拿钱的时候，他没心疼过。因为放眼望去，头顶蓝天，远处湖光山色尽收眼底。眼下清风明月，让人耳聪目明，就认了。唉！就是这让老张无比惬意的风，把自己弄得进不了屋。

怎么办？老张背上的那股汗，很快从后背爬上前胸，从前胸爬到脖子，又从脖子弄得老张一头一脸的玉珠儿。老张用袖口擦了一把，又生出一把。可把老张急坏了，连两片如瓶底的眼镜上，也生出些许汗来，模糊了自己的双眼。

一个楼道的十多户人家，不约而同地探出脑袋。别急啊，老张。反正事儿已经出来了，再抱怨也没什么意思了。关键的问题是怎么解决这个事儿？说话的这位是毛纺厂的副厂长，分管安全生产的，劝起老张来一套一套的，言语之中不仅体现对老张的宽宏大量，还有对众人众口难辩的批判和否定。尽管是一些官话儿，但这时候活学活用，还真是时候，大伙儿觉得副厂长说得对，在理，深刻。

可是用什么办法解决呢？大伙儿充分开动脑筋，各抒己见。有的说，老张你老婆呢，她手里没有钥匙？说这话的人以为此招很高明，却招来一阵白眼。老张一年前就离婚了，就因为没孩子，这主意不是往老张伤口上撒盐吗？有的说，找开锁公司。对！不过谁知道哪儿有开锁公司，号码呢？没人知道。显然不行，这一点又被大伙儿七嘴八舌地删除了。最后有人提议，实在没办法，

流泪的花生米

砸门！大伙儿沉默一会儿，觉得只有这样帮老张，也算做到仁至义尽了。

老张心里又痛一下，防盗门，新的，三千多块呢。

这时候，九楼下来一个小伙子，走到老张跟前说，我有办法。

大伙儿觉得很陌生，又觉得很眼熟。有人问，你住九楼？

小伙子回答，是啊，一个月前刚搬来的。

大伙儿终于回忆起来了，是的，就是这个小伙子，每天晚上在花园广场摆摊，卖麻辣串。小伙子穿得很普通，乡下人，平时很少与大伙儿来往，只是无论什么时候见到他，总是笑眯眯的。

小伙子的办法很简单，就是从他住的九楼窗口出来，沿八楼的空调外机，到七楼，再到六楼，钻到老张屋里不就解决了。

大伙儿觉得小伙子的解救计划十分合理，也很可行。最后，一致推荐由小伙子实施。

小伙子身材小，轻便，一会儿便钻到老张屋里，打开老张的门。

老张千恩万谢，大伙儿跟着千恩万谢。大伙儿说，有这样的高邻，是大家的万幸。小伙子贵姓？

小伙子一头一脸的汗，我姓陈，耳东陈，大家叫我小陈好了。

没几日，大伙儿陆续装上了防盗窗。

老张也装了，牌子很正，电视里做广告的那种。广告词说，盼盼到家，安居乐业。

有一天，老张问大伙儿，小陈呢？有一阵子没见到他了。

大伙儿也自言自语，小陈呢？

有人证实，小陈搬走了，房子让人抵债了。

老张长吁一口气。

大伙儿也长吁一口气。

太阳照过来，南风吹过来，大家的心情好起来。

再有一天，九楼砸门。咣当咣当的，弄得动静很大。大伙儿去问，怎么砸门？

一个壮汉，手持一柄铁锤，嘴里骂骂咧咧的，这小子临走没交钥匙。壮汉光着的上身纹一条龙，在汗流浃背的躯体上活灵活现。

大伙儿相互吐一下舌头，轻手轻脚回屋，关门。

茶话会

梗概：一个普通平常的茶话会，被一帮披着机关外衣的官僚主义，弄得乌烟瘴气。反正，说的都是假话、空话、套话。反正，都习以为常了，悲哀。

辞旧迎新之际，王局长到任了。王局长决定，借机召开一个茶话会，听听大家的意见。

王局长安排办公室周主任，茶要新的，瓜子糖果要好的，会场布置要别具一格的。总之，要以这次茶话会为契机，广开言路，吸纳建议，集思广益，群策群力，达到统一思想，提高认识，轻装上阵，推动工作的目的。

会议如期举行。尽管外面寒风阵阵，雪花纷飞，但

流泪的花生米

是宽敞明亮的会议室里，灯火辉煌，暖意融融。周主任刻意在圆桌的中间，摆上六盆鲜花，寓意六六大顺。桌面上，香茶雾气缭绕，瓜子水果糖点一应俱全。大家个个面带笑容，精神抖擞，容光焕发。

王局长清了清嗓子，声似洪钟地先说了。今天，把大家请来召开茶话会，目的我已经跟周主任交代了，希望大家直抒胸臆，畅所欲言。既然是茶话会，我的理解是这样的：茶，就是喝茶，喝好茶，喝透茶；话呢？就是说多话多说话；会嘛，就是告诉大家我们仍然是在开会，要注意会议纪律和会场秩序。当然了，喝茶说话开会的同时，大家不要忘了吃点水果瓜子。反正吧，这个会议不同于日常的会议，大家要扣住主题。既严肃，更要活泼。发言的时候，大家不要再让点名了，谁想好了谁说，说不尽的，想起来后可以再补充。好，我不赘述了，开始吧。

一阵经久不息的掌声之后，会场响起嗑瓜子的声音，吃水果的声音，和大家响亮的喝茶声音。

赵科长下意识地捋了捋袖子，目视了王局长一下说，我先说吧。赵科长是人事科长，一般的会议，只要有赵科长参加，都让他先说。赵科长说三个没想到：没想到我局今年的形势那么好。超额完成了上级的任务，实现社会效益和经济效益的双丰收。没想到我局职工的素质那么高。在全市业务技能选拔赛中，全部升级达标，而且在前三名当中，我们占前两名。没想到王局长一到任，大家的干劲那么大。这短短几天里，可以说大家夜以继日，不计得失，自觉自愿，各项工作有声有色。赵科长三个没想到刚说完，大家的掌声雷动，有的同志的手掌拍红了。赵科长如红脸公鸡似的冲大家点点头，谢谢！

　　钱科长咳嗽两声，示意大家安静，自己要发言了。钱科长是管计划调拨的，局里的主要岗位重点环节重要关口。钱科长说，我的体会与赵科长有所相似，但又有所不同。我说的是四个好：一是作风好。俗话说，有什么样的政风，就有什么样的作风，这话一点也不假。关键时刻，大家心往一处想，劲往一处使，拧成一股绳。今年的业绩就是最好的证明嘛。二是干劲好。大家好好回忆回忆，谁没加过班？谁没熬过夜？谁没被老人孩子老婆丈夫批评过呢？不都是为了工作嘛，吃点苦受点累生点冤枉气算什么！三是领导好。特别是王局长到来的这几天，大家空前的团结，空前的具有凝聚力。大家一致认为，王局长是个好领导，遇到这样的好领导，谁不甩开膀子干，谁就对不起好领导。四是队伍好。这个问题，刚才老钱说了，他最有发言权。

　　孙科长等得不耐烦了，一块糖果将他的腮帮子撑得鼓鼓的。老钱长篇大论的发言，让他的两只眼睛鼓鼓的。钱科长的话把子还没打住，孙科长就急不可耐地接着说了。我来说两句，不想耽误大家宝贵的时间。鲁迅先生说过，耽误别人的时间，无异于图财害命。我只讲两点：第一嘛，是过去我们干得怎么样？第二嘛，今后我们怎么干？我想第一点我和大家的感受都是一样的，没有什么本质上的区别，取得的成绩是无可挑剔的。关于第二点，我有四个方面的看法，王局长的到来，为我局的工作注入新的激情和活力；王局长的到来，为全体职工带来无比的工作热情；王局长的到来，为我们树立了很高的标杆；王局长的到来，必将使我局的工作百尺竿头更进一步。

　　大家觉得信息科的孙科长的发言有味道有深度，纷

流泪的花生米

纷鼓起掌来。只有王局长没鼓掌，王局长手捧茶杯若有所思，一副大智若愚的神态。

财务科的李科长平时是乐于行讷于言的同志，这次可能让良好的会议气氛感染了，也积极要求说两句。李科长说，说句老实话，我内心很矛盾。作为财务科长，我有喜有忧啊。虽然我局的支出指标超出了上级的规定，但是回过头来看看我们的业绩，哪一项不超过上级规定的指标呢！所以，在忧虑的同时，我激动我高兴我快乐。

会议开得很晚，仍有大部分同志没能发上言。最后，王局长总结，到心怡大酒店，大家边吃边喝边讨论。讨论的重点，不要讲大话空话假话，要落脚到明年怎么干上。

大家吃得很好，喝得很好，讨论得也很好。局里的几朵金花左一杯右一杯地灌赵钱孙李。她们的理由也十分充分，她们边灌边振振有词地说，我们的话语权都让你们霸占了，你们不喝谁喝！

大事小事

梗概：一件被人忽略的小事，让退休以后的老干部发现了。本来的举手之劳，却几经辗转，没人把它当回事。坏了，认真的老干部为此付出生命的代价。

老麻退休之后，喜欢到处走走逛逛。一来锻炼锻炼身体，二来消磨消磨时间。

一天，老麻逛到梦蝶湖公园。公园刚对外开放，来来往往的游人还真不少。走着逛着，老麻来到湖边的一个小亭子里，看到亭子的东南角装有一个绿色的配电盘，一条崭新的铜芯线露出耀眼的一截新铜。这截露出来的铜线，可能是施工人员一时疏忽，完工时忘记缠上绝缘胶布。

老麻觉得这事不是一件小事。若是哪个顽皮的孩子，站到石凳上伸手碰着，可不得了。或者说，用不绝缘的东西戳上，也不得了。搞不好，要出人命的。

尽管湖面吹过来的风有些凉爽，老麻的后背还是热乎乎的。

老麻找到公园管委会，办公室里有一个小伙子在打电话。老麻说，小同志，我来向你反映一个问题。小伙子边点头应着，边招呼老麻坐下，坚持将那个电话打完。小伙子放下电话问，老同志，您找我有事儿？老麻说，我来向你反映一个问题。小伙子问，问题？什么问题？您说您说。老麻告诉他湖边亭子里露出铜线，不安全。小伙子说，谢谢您，老同志，小事，回头我们做一些安全措施。老麻临出门，又转身叮嘱小伙子，这事虽小，来不得半点马虎，说不定会弄出大事来。

老麻走在回家的路上，风轻轻吹着，有几朵白云在天空中自由飘着，身后和脚下好像起了风。

过了一个星期，老麻不知不觉又逛到梦蝶湖公园，不知不觉又来到湖边的那个亭子里。老麻不知不觉抬头一看，那块铁制的配电盘还在，那截裸露的铜线还在。老麻的心咯噔一下，仿佛电击着似的。

老麻觉得这事不是一件小事，若是哪个顽皮的孩子，站在石凳上伸手碰着可不得了。或者说，用不绝缘的东

流泪的花生米

西戳上，也不得了。搞不好，要出人命的。

老麻想，看来他们对我反映的问题不够重视。现在的年轻人呐，太浮躁太圆滑太不踏实了。

老麻又来到管委会的办公室，正好上次接待他的那个小伙子在。老麻说，小同志，上次我向你反映的问题没解决，不会给弄忘了吧？小伙子将头从电脑里抬起来说，上次向我反映问题？啥问题？老麻心里有点不高兴，仍然耐心地将问题表述一遍。小伙子左手一拍脑袋，仿佛想起来了。忙说，对不起，老同志，这一阵子工作太忙，那件小事我给忘记了。老麻不失时机地纠正，小同志，怎么是小事呢？搞不好要出人命的。小伙子已经看出老麻的不高兴，一边向老麻赔不是，一边保证尽快将保护措施落实掉。老麻走出管委会的大门，小伙子还冲着他的背影保证，这两天我们就弄，老同志慢走啊。

外面下起淅淅沥沥的小雨。老麻没带伞，却坚持一脚踏进雨帘里。

又过了一个星期，老麻走着逛着，不知不觉再逛到湖边的小亭子里。让老麻感到十分生气的是，那截铜线仍然顽强地裸露着。老麻愤愤地说，太不像话了，竟然拿这事当儿戏。要是真弄出事故来，谁承担这个责任！老麻在台上的时候，是个出了名的威严领导，他决不会允许这种不负责任的现象发生的。

老麻气哼哼地向管委会办公室走去，由于走得又急又快，一头撞到一个中年人的怀里。中年人刚想发火，一看是老麻，马上毕恭毕敬。麻市长，您老来这儿干什么？老麻也认出中年人，自己的老下级，叫马晓明。老麻余怒未消告诉马晓明，晓明啊，这些人太不负责任了。马晓明惊出一身冷汗，自己管理的管委会，竟挨了老领导的批评，并且让老领导气得不轻。如果气出毛病来，怎么对得起他老人家。马晓明把老麻扶到办公室里，倒上一杯热茶。一边向老麻检讨工作，一边拍着胸脯保证，一定将这件事处理好处理妥当。

三天后，老麻刚要出门走走逛逛，就接到一个陌生电话。电话里一个男中音说，你是麻国民吗？老麻说，是。你是不是吃饱了撑的，在台上捞的钱花不完是不是？你这么大个领导，跟我们这些下人过不去干什么？我们可是靠血一点汗一点挣点小钱养家糊口的。老麻觉得问题严重了，忙问你是谁？我哪一点得罪你了？别问我是谁，反正我下岗了！那头啪一声将电话挂了。

老麻一屁股坐在沙发上喘着粗气，身体颤抖得跟屋外的树叶儿似的。

再一个星期，老麻又逛到公园湖边的小亭子里，再次发现那截铜线还在裸露着。

这次老麻没去管委会，也没去找马晓明，而是去了新民街的一家五金店。老麻花两块钱，买来一卷黑色的绝缘胶布。

老麻想，自己动动手，将胶布缠上不就行了。

可是，不懂用电知识的老麻触电了。经抢救无效，不幸逝世。

黑白秀

梗概： 在一个依山傍水的小镇上，开了一间让人耳目一新的理发店。时尚的理发店女孩，像一颗石子投进

流泪的花生米

平静的湖里，一石激起千层浪。故事的发展和结局令人只能一声叹息。

镇子不大，依山，临河。

东街开一片理发店，叫黑白秀。黑用黑体字，耀眼的黑。白也用黑体字，耀眼的白。那个秀字，像一只放飞在空中的气球，飘在黑与白之间，让人眼睛一亮。

最让人眼睛一亮的，要数店里的主人。女的，年轻，个头中等偏上，皮肤白皙，头发焗成金色。穿着暴露，腰间和胸前露出一线白色，晃眼。

生意好。不是一般的好，而是出奇的好。一茬茬的男生，有事无事爱往屋里钻。

不遭吐槽才怪。家家户户的女人，都在警告自家的男人。记住了，少往鸡窝里钻。

俞虹不止一次警告过前进。一开始，前进回答好。后来，回答知道了。再后来，干脆脖子一硬，说烦不烦。

俞虹不怕烦，男人前进却嫌烦了。

前进越烦，俞虹越心慌越觉得不安。他前进烦什么？有什么可烦的？难道他真跟那只鸡有一腿？前思思后想想，俞虹的眼圈由红变黑了，而且越来越黑，并且有向脸上漫延的趋势。

俞虹在西街开个店，卖童装。忙的时候，前进会过来帮忙，生意不错。可是，自从黑白秀出现在镇上，前进很少往店里来了。即使偶尔来一次，也是来匆匆去匆匆。前进西装革履，头发梳得一丝不乱，洒上啫喱水，飘着女人身上的香味。一条花领带，蛇一样在他脖子上纠缠着。

俞虹心里真烦。

前进转身走开，俞虹在后面喊，陆前进，你给我站住！

前进回头。问，咋了，还有事？

俞虹心里说，当然有事，有事要问清。是不是心虚了？不给机会不让问？而俞虹却说，去哪儿？

前进回答，去码头，码头上事儿一大堆哩。

前进在涡河上游租赁了一个码头，搞水路货运。以往生意好得不得了，今年亏了，少说也有十万八万。

让俞虹焦心的不是钱的问题。他陆前进生意做亏了，怎么还有那么好的精神？

晚上，俞虹打通镇派出所的电话。

俞虹说，你们该管管黑白秀，管管那只鸡。不然的话，好好的镇子就乱了。

那头说，你有证据？拿出证据我们就管。

俞虹当然没证据，只是听说那只鸡很会勾引人，但的确没证据。

俞虹心里装着事，态度差，生意每况愈下。

有一天下雨，鬼使神差地，俞虹来到东街，来到黑白秀店前。店里的墙上，贴满了明星的画片，挠手弄姿的，搞得很暧昧。店很小，有两张转椅，若干个圆凳。没有床，没有通向后院的门。俞虹疑惑，与道听途说的不一样。难道有暗门？正愣神，店主招呼，进来坐，理发还是洗头？俞虹见披肩金发下露一张笑脸，一口白牙，扭头走了。

当天夜里，俞虹再问前进，前进可能太烦了。两口子争执一番，还动了手。俞虹头磕到门边上，流了一脸的血。

俞虹怒气冲冲，再次站到黑白秀门前。店主倒一杯水，边递过来边说，进来坐坐。

俞虹没进去，不想进去。嘴里骂，鸡！

店主由喜转怒。你说谁？

就说你！鸡！俞虹咬牙切齿地说。

那杯水泼到俞虹脸上。水不是滚烫，顺着她的脖子，流到了她的胸，腰，腿，脚下。

两个女人扭打在一起，俞虹占了上风。店主的衣服被撕破了，露出雪白的身子。

俞虹被拘留五天。

期间，前进没露头。俞虹回来的那天，前进正往头上喷洒啫喱水，一副爱理不理的样子。

俞虹很伤心，觉得男人真绝情。俞虹想，过两天，就跟他摊牌。

第二天早晨，街上响起一串串刺耳的警笛声。

俞虹走到门口，有人说，出人命了。俞虹还没问怎么回事儿？那人又说，黑白秀的那只鸡死了。听说，是煤气中毒。

什么？她？俞虹心里突然怅然若失。她打开手机，准备问一问陆前进，是不是那么回事儿？

然而，俞虹再合上手机，觉得自己真无趣。

逃 兵

梗概：逃兵由于胆小和害怕，才当了逃兵。当了逃兵的日子，犹豫、彷徨、恐惧，各种复杂的心理交织在一起，令逃兵惶惶不可终日。

随笔随语

　　兵不到十六岁，个头小，身子弱。可能，兵不算一个真正意义的兵。

　　可是，兵面对的敌人，是真正的敌人。

　　战斗进行七天七夜。兵的身边，躺满血肉模糊的兵。密集的炮火，把山头夷为平地。猛烈的进攻，将生命化为乌有。

　　兵侥幸躲过炮弹，躲过死亡。兵无数次嗅到死亡的气息，兵害怕，胆怯。甚至那一刻，兵尿湿了裤子。兵听到已经躺下面目狰狞的兵，正在辱骂他，孬种！

　　兵躲在没有呼吸的兵身下，佯装没有呼吸。在一个风雨交加伸手不见五指的夜里，成功逃脱。

　　兵脱下军服，逃回自己的村庄。

　　村庄还是那个村庄。贫穷，落后，饥饿，灾难重重。兵躲在高粱地里，看到自己熟悉的村庄，看到那个低矮的草屋，以及在屋顶上弥漫的炊烟。兵想，夜深人静时，就可以回家，就可以见到母亲。兵构想与母亲相见的情形，奔涌的泪花胀疼双眼。

　　兵没能走进村庄，没能看上母亲一眼。如果那样，对于母亲，对于自己，甚至对于村庄，无疑都是一种耻辱，一种永远见不到光明的黑暗。

　　兵选择远走他乡。

　　兵跋山涉水，走一路，歇一路，饥一顿，饱一顿。兵最终来到一个渺无人烟的山区，住了下来。

　　兵开荒种田，靠山吃山，过着世外桃源的生活。寒来暑往，兵长高了，长大了。

　　兵想家，想母亲，想村庄。白天吃不下饭，晚上睡不好觉。兵下定决心，回家看看。

　　兵是个聪明的兵。兵乔装打扮，风餐露宿，一路摸到自己的家乡。

兵看到真实的母亲。发白，背驼，眼瞎。兵想叫一声娘啊，却开不了口。

兵是个理智的兵。兵只远远地看。

兵决定离开时，用两颗小糖打发一个小孩，将一卷纸币送到母亲手里。母亲出来寻找，兵已经远走。母亲问小孩，人呢？小孩左瞧右瞅，摇摇头。有一位老人告诉母亲，除了几条狗，村里没来外人。或许只有狗知道，村里来过一个买马的，东北口音。一群跟狗一起玩耍的毛孩子，学着买马人吆喝的声音。

兵去了哪里？没有人知道。

母亲在东南地里，垒一座坟，小而尖，春秋季节长满野草。

坟里没有人，只有兵的魂。兵无论去了哪里，坟里都埋着他的魂。

若干年后，几经修改的县志上有这样一段记载：1940年冬，宿州骨堆集战役，新四军彭雪枫部三旅一团，誓死杀敌，全团将士全部殉国。在一大串阵亡名单里，王二小名列其中。

奶奶生前告诉我，二叔叫王二小。

此王二小是不是我二叔？经过认真查证，确信无疑。

烟　事

梗概：老头担心当了干部的儿子犯错误，要求儿子吸廉价的土烟。儿子果真喜欢上了土烟。老头很高兴，

自己种起土烟供儿子吸。可是，儿子从老头手里拿去的土烟，却作为他行贿的东西。

老头一生喜烟，喜旱烟。纸卷的喇叭筒，吸起来带劲，过瘾，解馋。

老头原是十里八乡赫赫有名的种烟能手。披过红，带过花，领过奖。还上过讲台，有一搭没一搭地跟乡亲们唠过种烟经验。当然，老头靠一手过硬的种烟农活，脱贫致富，翻盖新房，并且顺风顺水让儿子读完大学。

老头吸烟最凶的时候，儿子还小，小狗摇尾般围着他转悠。老头故意将喇叭筒塞到儿子嘴里，儿子泪珠纷飞哇哇大哭。老头笑，居然也泪珠纷飞。

儿子后来学会吸烟，吸纸烟。老头嘴角出烟眉毛轻挑，心里说，没劲！

为让儿子戒烟，小两口闹别扭。一路吵吵嚷嚷，儿媳妇将别扭闹到老头这儿。

浓重的烟雾笼罩着老头一脸的严肃。老头沉默地吐着烟，突然吐出一句话：男人哪有不吸烟的。就这一句话，弄得儿媳妇很少上门。

清明节，儿子回老家祭祖。自从儿子工作以后，每年清明都回家祭祖。儿子递给老头一根纸烟，老头不想接，老头认为没劲。可儿子说，中华的，七十块钱一包哩。老头就稀里糊涂地接了，但没点火。老头在心里默默合计，乖乖，一根烟两块多钱，啥味儿？老头放在鼻子上闻了闻，小心翼翼地夹在耳朵上。老头没头没脚地问，经常吸？天天吸？儿子微笑着露出微黄的牙齿点点头。浓重的烟雾里，老头一脸严肃。

谷雨过后，老头带上铁锹和烟种上了山。原来的烟

流泪的花生米

地都被征用了，都被一排排高楼和厂房吞肚里了。老头想起河边的那座山。土山的树林里还有一些荒地，老头要种烟。

经过一场雨又一场雨，老头的烟苗一天天茁壮成长。闲暇之际，老头就往山上跑。捉虫、掐尖、打茬、扶苗、追肥，每一道程序老头都做得准确到位干净利索。秋后，老头收获不少烟。再经过阳光的晾晒，老头的烟叶黄中透亮涩中溢香，煞是喜人。

老头精选一些上品给儿子送去。临走，老头一再交代儿子，吸老子种的烟，地道。那纸烟就别吸了，贵，咱吸不起。

过了一段日子，儿子打来电话，爸，家里还有旱烟吗？

老头不明白，上次那些吸完了？

儿子笑嘻嘻地告诉老头，爸种的烟真好，地道，带劲。

老头高兴，打心里高兴。儿子毕竟是农村人，没忘本。可话出了口却变了样。老头说，再好，莫贪。

第二天，老头就给儿子送去了烟。

次年开春，老头早早上了山。老头觉得，那块开垦出来的地块太小，长出的烟也太少，不够爷俩吸的。老头想再整出一块地来，多种些烟。再说了，春烟要比夏烟强，生长期和日照时间长，味儿足。

风清气爽风和日丽的日子，老头都是穿着厚衣服上山，光着膀子下山。尽管腰酸腿疼，有两次脚还抽筋，但是老头有使不完的劲流不尽的汗。

果然，老头收获许多上好的烟叶。

老头没空往儿子家送的时候，儿子会开车回来取。儿子还说，爸，您老种的烟真有味儿。

老头噙着烟的嘴里，风生水起。

有一天，媳妇火烧屁股似的给老头打电话，不好了，出大事了。

老头一听急了，顾不得吸一口卷好的喇叭筒，就火烧火燎地进城了。

儿子已经进去了。儿子收了不少的好烟名烟，有的来不及吸变质发霉了。纪委来的三个人，装着这些发霉的烟，头上流出了汗。

老头迷惑，我给他的那些烟呢？

媳妇哭哭啼啼，他哪里吸过您的一口烟！

那些烟呢？……到哪里去了？老头焦急地问。

他有一位老领导，特别能吸烟，而且只吸旱烟。你的烟，全送给他的老领导了。媳妇说，他能有今天，全指望老领导。

老头如一摊泥软在地上。

那一年，老头戒了自己最喜爱的烟。只是老头依然种烟，并且收获许多的烟。

每年入冬，老头坚持进城卖烟。老头的摊前，还竖一块奇怪的红字木牌子：旱烟换中华烟。

路人先好奇，后冷笑。这老头，八成是疯了。

代 价

梗概：马小明官不做了，毅然决然下海经商，可谓勇气可嘉。他选择破坏环境，攫取财富，最终付出惨重的代价。他自己付出了代价，群众也跟着付出了代价。

流泪的花生米

马小明二十八岁时，已坐上县政办副主任的宝座，前途可谓一片光明。

可是，马小明毅然决然选择了辞职。

那是一个经商疯狂的年代，改革开放的春风一吹，就让许多有志之士纷纷跳下海去。

马小明跳下去的海，就在离我们老家不足五华里的麦地里。那块麦地属于扁担王村，与我们老家只隔一个村。起初，马小明的造纸厂占地半亩，后来扩大到一亩、二亩。在遍地资源的淮北平原，一二亩厂房算不了什么。一旦麦收一过，大地仍然一望无际的金黄。随意扑倒在地的麦草，在阳光下熠熠生辉。到马小明纸厂卖麦草的四轮车川流不息，一辆挨挤着一辆。有时排上三五天，队伍就变成一条金色的长龙了。

县领导很着急，多次找马小明做工作。说你胆子再大一些，步子再快一些，只要敢试敢闯敢冒险，我们就支持你。马小明的厂子如火势一样蔓延着，五亩，十亩，最后达到五十亩。因此，马小明的厂离我们老家越来越近。吃饭的时候，能闻到浓烈的烧碱味儿。

马小明买了一辆红旗牌小轿车，大腿跷到二腿上，忙碌地在涡河大桥上窜来窜去。

那时，我还在读初中。马小明的这些辉煌，都是父亲一字一句反复讲述的。父亲的讲述虽然老套，了无新意，可他乐此不疲。他讲述马小明不分时间。早上讲，晚上讲，吃饭的时候讲，甚至睡觉时还讲。梦中讲没讲，我睡熟了没听到。而且他不分地点。下地讲，上集讲，走路的时候讲，甚至龇牙咧嘴蹲在茅坑上也讲。我觉得父亲教育人的方式方法很特别，很有韧性，不可抗拒。父亲不计后果的教育，无非渴望有朝一日他的后代能像马小明那样十分辉煌。

有一天，南庄的王瘸子夹两条大前门香烟敲开我家的大门。记得那天是星期天，天开始阴了，父亲边吸着自制的"喇叭筒"（烟），边讲述马小明的故事。王瘸子一进门就叫开了，大表哥，表弟来看你了。父亲觉得很奇怪很突然，慌忙站起来，将王瘸子迎进里屋。王瘸子将两条烟递过来，父亲更加惊慌了，忙说使不得使不得，我怎么能吸你的烟？

王瘸子是父亲的一个远房老表。尽管从他们爷爷那辈能续上亲戚，但是由于是亲戚扯亲戚，扯得有点远，平时没有什么来往。无缘无故收人家两条烟，一向坚持原则的父亲断然不会同意。

王瘸子笑了，笑得十分灿烂。王瘸子说，麻烦大表哥跟我走一趟，一块去找马小明，我两四轮车麦草在路上躺三天三夜了。

说起来，我们家跟马小明家是名副其实的亲戚。父亲的父亲跟马小明的父亲是亲姑舅老表，马小明跟父亲是隔代老表。这一层关系，看来是被王瘸子发现了。

父亲领着点头哈腰的王瘸子，找到了马小明。马小明刚下轿车，刚坐到总经理办公室的老板椅上，刚将大腿跷到二腿上，父亲他们就闯到了。

父亲和王瘸子是比较幸运的。一般情况下，来卖麦草的是很难见到马小明的。一来马小明经常坐着小轿车跑来跑去，二来厂里专门有负责收购麦草的班子，只要马小明一句话，就能把来人推得八丈远。

王瘸子的麦草卖了，价钱还比较高。马小明给足了父亲面子。

第二年，父亲办贷款买了辆四轮拖拉机，开始他贩

流泪的花生米

卖麦草的生涯。

　　一车车麦草吞噬到马小明的厂里，倒进两个如湖泊一样庞大的沤制池，在烧碱的强烈腐蚀下，三两天就发黑发臭了。再通过洗浆、过滤、压制、晾晒等一道道工序，很快变成一张张橙黄色的包装纸。包装纸十分热销，市场上供不应求。

　　跟马小明厂子沤制池里一起发黑发臭的，除了周围的沟沟渠渠，还有一路东去从容不迫的涡河。涡河流经淮河，而后注入大海，将一路恶臭带到天涯海角。

　　扁担王的庄稼开始枯萎。长出来的玉米大豆红芋，不仅少了应有的光泽，而且又瘦又小。空气中常年累月飘浮着白色的粉尘，雾一样笼罩着扁担王的天空。扁担王进进出出的老少爷们，统一戴上了口罩。

　　最终，厂子在强烈的呼吁声中被查封了。

　　有一天，扁担王的老支书泪眼蒙眬地算一笔账。这些年来，只有三百多人口的扁担王，患上癌症的病人，多达三十四个，超过全村总人口的百分之十。

　　扁担王的老少爷们无休无止地骂造纸厂，骂没有良心的马小明。

　　其实，马小明已经不在了。

　　马小明在一次醉酒驾驶中，一头撞到涡河大桥上。同时不在的，还有一位年轻貌美的女子。这位女子是我们当地的名人，叫什么我还是不多说了，以免勾起共同的伤心，毕竟都是过去的事了。

荣归故里

梗概：风风光光荣归故里的背后，二狗付出的代价的确不小。华丽的外衣，掩饰不了其创业的艰辛和内心的挣扎，丢掉一只胳膊，道出了人生的艰难。

二狗的弹弓玩得好，射得准，在扁担王一时名声大振。

场边的麻雀，树上的斑鸠，蛰伏在树叶之间聒噪的蝉，活灵活现的。只要二狗一扬手，弹子从他不经意斜视的眼睛里飞出，它们可爱的生命瞬间便灰飞烟灭了。

空中的鸟雀是有限的，停留在扁担王的鸟雀更是有限的。当有限的鸟雀掠过扁担王的上空飞向远方时，二狗的手奇痒，心奇痒。

窜来窜去的狗，咯咯嗒嗒的鸡，在河里悠闲自在的笨鸭笨鹅们，便成了二狗消除手痒心痒的第二目标。

于是，骂声骤起。越来越难听的骂声，围绕在二狗家的门前屋后，在扁担王的空气里恶毒的游走。爹的脚步点儿踩到哪儿，骂声就响到哪儿。

那一天，一向老实巴交沉默寡言的爹，手执牛鞭将丧家犬一样的二狗追得满村跑。二狗的鬼哭狼嚎，没能唤起扁担王的同情，老少爷们躲在自家门后面，偷偷地乐呵。爹河东狮吼，滚远点，丢人现眼的东西！

二狗从爹的视野里消失，从老少爷们的视野里消失，从扁担王散发着麦草气息的黑土地里悄然消失。

那一年，二狗虚岁十五。

流泪的花生米

本来打算戒烟的爹，不但没有戒掉烟，而且越来越喜欢吸快烟吸猛烟。爹蜷曲在麦垛的旁边，吧嗒吧嗒地吸烟。扁担王晴朗的夜空布满数不清的星星，围绕在爹脚边的小黑狗警觉地摇着尾巴。

大狗一天到晚来回跑三四趟劝爹，回吧，凉。

爹嗯一声，仍吧嗒吧嗒地吸烟。

爹有一天问跑来跑去的大狗，会写信不？

大狗点点头。大狗虽然只有小学四年级的水平，但写封普通的信，还是有勇气有底气有能力的。

给二狗写封信吧。爹吩咐。

大狗犯难了。二狗在哪里？大狗心里想。大狗问过爹，也偷偷问过扁担王的叔叔大爷们，二狗在哪里？若干年过去了，大狗的问题始终没有变，而问来的仍然是摇头摇头再摇头。大狗想再问爹，二狗在哪里？可是，大狗怕伤着爹的心，将来到嘴边的话一次次咽进肚子里。

爹磕掉烟窝里的烟灰，对着繁星点点的夜色自言自语，唉，算了吧。而后，爹消失在夜色朦胧的树林里。

好消息是在一个春暖花开的季节里传来的。刚从南方回来的三小，口口声声说见到二狗了。

大狗将好消息带给仍在麦垛边蜷曲的爹。爹瞪大眼睛，像弹簧似的跳起来说，真的！

三小绘声绘色地告诉爹，见到二狗了，千真万确。

爹问，二狗走十来年了，该长变了，你认得二狗？

三小红头酱脸地回答，千真万确，扒了皮，我也认得他二狗。

三小详细地描述着见到二狗时的情形。当二狗前呼后拥进入锦绣前程大酒店时，三小曾怀疑自己的眼睛是不是花了？还有，二狗已不是二狗，那里的人们大多点头哈腰地喊他王总。三小得意地补充说，自己嘛，有幸刚到那里当保安。

王总？爹问，哪个王总？什么王总？

三小有点不耐烦，整了整脖子上一条鲜红的领带，躲到屋角接手机去了。

爹吩咐大狗，给二狗写封信吧，就说我快不行了。不！说你娘在那边捎话过来，想他了。

大狗开始左一封右一封给二狗写信。不知写了多少封，仍没能等来二狗片言只语的回信。

爹说，还生老子的气！爹的情绪一天不如一天，吸烟的数量一天比一天增大，剧烈的咳嗽里，伴有殷红的血丝。

爹终于在日积月累的气愤中倒下了。大狗跑到麦垛边喊他，小黑狗疯狂地叫着，爹的身体如那天入冬的天气，真正转凉了。

又一个年节快到了，扁担王村头传来一阵沉闷的马达声。三小高声朗气地冲车里的人问候，王总回来了！

宝马车还在村路上缓慢行驶着，二狗回来的消息，像风一样吹进大狗的耳朵里。

大狗开始手忙脚乱地洗脸，换衣裳，将鸡鸭赶进圈舍，扫去院子里的杂物，像迎接新年一样，欢天喜地地迎接二狗的不期而至。

二狗是一家三口一起回来的。二狗的媳妇长得天仙一样，二狗的女儿也跟天仙一样。他们衣着华贵，举止端正，眉眼之间透出逼人的生活自信。

酒喝得高兴，饭吃得尽兴，年过得有劲。酒足饭饱之后，大狗跟二狗商量，给咱爹咱娘烧张纸吧。

在爹娘的坟前，大狗先跪下来，二狗跟着跪下来。

流泪的花生米 〜

大狗磕了头先起来，上前拽正在磕头的二狗。大狗拽住二狗的左胳膊，却捉了空。

大狗攥住软绵绵的羽绒服惊叫，二狗，你的胳膊呢？

二狗堵住大狗的嘴。

年说过去就过去了，无声无息。

次年，扁担王修通了一条连接省道的水泥路，命名团结路。

大狗踱步在团结路上，祈盼着弟弟王团结能够荣归故里。

仰望天空，成群结队的鸟雀掠过扁担王。

油条人家

梗概：一个以卖油条为生的人家，看似安静祥和，内里却掀起不同寻常的波澜。天有不测风云，人有旦夕祸福。每个家庭的背后，既有幸福，也有辛酸。

清晨，沿涡河二号码头往上走，准能见到他们。

一男，一女。做着炸油条的生意。

男的，脸白，体胖。一头黑发油光可鉴，后梳，一丝不紊。尤其肚子大，离奇，怀里好像揣一床冬棉被。由此，手中的一双大筷子长得出奇。筷子伸到油锅里，动作显得十分迟钝，像表演小品一样滑稽。

再说女的，个矮，黑瘦。面前放一案板，案板上码一堆省好的白面，雪山一样的白。掐馅、杆压、切块、成条，而后双脚踏上备好的两块砖头，将毛坯丢到高高架起的铁锅里。

滚开的油锅，翻江倒海一般。

起早锻炼的人们，顺便买几根油条回家。随着天色渐亮，锅前排起队，越排越长，考验着人的耐性。前面是条小街，地点本来局促，排队的人们不经意间将小地点弄得更小。便招来过路人的一阵怨声。

有人拿男的肚子说事。说老板啊老板，如果你的肚子再小一圈，就能多过去一个人，街就不挤了。

男的笑笑，露出两颗金牙。不急，不恼，不上火。锅里的油条，被他弄得有滋有味有声有色。

倘若面前站的是熟客，他不说话，只将硬币收了。或用纸包，或用袋装，有条有理地将滚烫的油条递交客人手里。若是不熟，问一句，老的？嫩的？只一句。

渐渐地，男的总结出一条规律。老年人，牙齿虽不好，却爱吃老的。老油条在几颗稀牙或者假牙的帮助下，在嘴里风生水起。年轻人则不然，多喜欢吃嫩些的，嚼一口筋道的嫩油条，喝一口原汁原味的鲜豆浆，生活的自信油然而生。

生意一天好似一天，并不因为春夏秋冬的变换，风霜雪雨的侵袭。

女的每每满头大汗。可是，总不见她喊累，每天皆准时准点出现在固定的地方。

与女的不同，男的则显得有些娇气。尽管他的活儿不重，只不过重复着几个简单的动作，但是他的脚撑不住，时常微微打战，让人觉得马上要倒下来。

女的小声提醒，活动活动，别老那样站着，搁谁谁也撑不住。男的似乎很听话，两条脚轮番地摆来摆去。

排队买油条的人们，心里生出几分羡慕或者嫉妒。

流泪的花生米

看看，人家夫妻多么恩爱，啧啧！有的女客，就觉得替女的委屈，凭什么他那么得劲？凭什么她还要关心他？男子汉大丈夫，本来顶天立地，现在倒好，偏让女人照顾，无可救药。当然，这些只是食客们的心理活动，谁也没当冒失鬼，轻易将肚子里的话说出去。毕竟，人家你情我愿，事不关己高高挂起。

有一天，人们突然发现，今天怎么多给一根？怎么回事？是促销？还是原材料掉价了？细一想，不对啊，现在的物价见风长，哪有掉价这一说。况且，他们的生意非常好，没理由再六个手指头挠痒——多一道子，去搞促销啊。一打听，才知道他们家有喜事了，大喜事！女儿考上大学了。两个人高兴，决定在一个星期内，凡是来买油条的，不论买多买少，每人送一根，让不该高兴的人们也跟着高兴高兴。

人们的好奇心被一根奉送的油条调动起来了。上哪个大学？学的是什么专业？离家远不远？得到准确的答案后，几乎异口同声地交口称赞，好啊，有出息！之后，还要多问一句，怎么没见过你女儿过来？改天带来，让我们认识认识。

他们的女儿始终没有出现。人们不好意思一而再再而三追问，慢慢就淡忘了。

入冬的头一天，天已大亮，买油条的人们高兴而来扫兴而归。左问右问，皆是摇着的脑袋。雷打不动的油条摊，怎么一夜之间被风吹走了？

早上吃油条上瘾的人们，脸上掩饰不住内心的焦急，一天的好心情搅得乱糟糟的。跑到别处买的油条，味儿不怎么样。

男的病了，住进了医院。难怪他胖得不正常，原来有病。不容易，他们不容易，那个女的更不容易。

摊点仍给他们留着，尽管地点小，没有人来占他们的。走来过去，人们不自觉地回头张望，期待他们的惊喜出现。

五一节，空气中飘荡着扑鼻的油香。正如人们期待的那样，那口高高的油锅，又高高地立在那儿。

两个女的，一老一少。

老的还是那个女的，比以前更加憔悴，额上已布满白发。

少的，个高，白颈，眉清目秀。嘴里嚼着口香糖，偶尔吹出个泡泡。

有人望着那个俊俏的姑娘问，这个是你女儿？

女的点点头，眉宇间露出丝丝缕缕的笑。

再有人问，她爸呢？怎么不见他过来帮忙？

老的只顾忙，不回答。少的也只顾忙，不回答。

问的人觉得无趣，多嘴，便不吱声，盯住娘俩看。

锅里的油滚开，翻江倒海一般。

突发事件

梗概：单位里的突发事件，时时处处都会发生，并带来不同程度的影响。问题的关键，是处理和应对突发事件的能力和水平。

小丁和老麻同一个办公室。老麻是科长，小丁是副科长。

流泪的花生米

平时，俩个人的关系处得很融洽，遇事能够勤研究勤商量。在处里，他们的团结和谐是有目共睹，令人叹服的。眼看老麻快到杠了，小丁跃跃欲试。

老麻不止一次地嘱咐小丁，我已跟组织上汇报了，等我退下来，就让你接班。

小丁打心眼里敬重老麻。一到周末，小丁会问老麻有什么事？没什么要紧事的话，到家里小酌两盅。一旦有出差的机会，小丁也会将当地的烟草带两条送给老麻。老麻没有特别的爱好，就好吞云吐雾那一口。

有一天，南四环一个高架桥的引桥突然坍塌了。一时间，电视、报纸连篇累牍的报道，广大市民纷纷对此提出强烈质疑。没有风没有雨，没有地震没有泥石流，怎么说塌就塌了？！

老麻和小丁不约而同地惊出一身冷汗。因为这座代表本市形象的高架桥，就是他们处里负责设计的。而且，承担设计任务的就是他们科。图纸上明白无误的标注着设计者的大名，前者是老麻，紧接着的是小丁。

其实，具体设计操作的是小丁。小丁年轻，知识广，头脑活，有创新精神。设计出来的东西，常常得到上级领导和同行们的认可。这几年，老麻已不再搞具体设计了。因为老麻老了，懒得动笔，加上设计的东西平平淡淡，往往遭到否定。小丁出于对老麻的尊重，总是将老麻的名字写上，而且写在自己的前面。

桥塌的那天是11月11日，市里很快成立了"1111"事故专项调查组。处长在本单位的大会上焦急地告诉大家，过不了几天，调查组就会来到处里展开调查工作。

老麻狠狠地想，临死喝碗狗汤，真不值！三个月前，处长曾找他谈过话，想让他提前退下来。当时自己没同意，凭什么张三不退李四不退，偏偏让我老麻先退？现在一想，不如当时顺势而为，又好吃又好看。

小丁的心里更是一团麻。眼睁睁到手的山芋，竟然如此烫手？要知有现在，自己何必非要起早贪黑加班加点事必躬亲？自己如果偷点懒耍点滑，也许就平稳过渡安然无恙了。

处长找老麻和小丁集体谈话。

处长先引用一位名人的诗句，山雨欲来风满楼啊！处长深情地望着窗外迷惘的天空，背对着老麻和小丁。老麻吸烟，小丁搓手，场面安静而尴尬。

看来，要涉及划分责任了。等责任一划，离处理结果就不远了。

处长说了一大堆官话，最后告诉老麻和小丁，你们回去商量商量，看谁主动扛起来？等过了这一关再说。

老麻没跟小丁商量，小丁跟老麻也没商量。老麻垂头丧气地离开，小丁心神不安地回家。

老麻彻夜难眠，第二天一早，想给小丁打个电话说说自己的想法。反正自己快退了，不像你小丁年轻，今后还有东山再起卷土重来的机会，这个时候你就挺身而出，让我老麻保持晚节。再说了，我老麻一贯对你不薄。如果不是我，副科长你小丁也当不上。图纸是你小丁一手设计的，小丁你心里最清楚，连带着我老麻，你小丁就忍心？可是，老麻心里翻江倒海，电话始终没打。

小丁几夜没合眼了。自从处长找他和老麻集体谈话之后，觉没睡不说，饭也很少吃。你说，刀压脖子的时候谁还想到吃饭睡觉？老麻也真是的，快要退的人了，也不说个漂亮话，把什么都扛了又有什么？只是桥塌了，又没有死伤无辜，大不了给个处分就结了。自己把事情

流泪的花生米

担起来，给年轻人留条后路。给年轻人留后路，不就是给自己留后路吗？将来，如果有能用得着我小丁的地方，还不是说一不二？小丁想主动找老麻谈心，让老麻让让步。可是，老麻没放一个屁，小丁没底气。

报纸和电视上连续跟踪报道，把这起事故炒得很热。甚至，网民们将照片发到网上，引来成千上万块的拍砖。

事故调查结果很快公之于众。施工单位没按要求施工，偷工减料，从中牟取暴利。

老麻一身轻松，小丁一身轻松，处里上上下下也一身轻松。

不久，老麻提前一个月退休。小丁调到处属二级机构任职，享受职级不变。

欠　条

梗概：一纸经年累月的欠条，虽然发黑发黄了，但是由于主人的有心，意外地重见天日。主人得到应有的补偿，却失去了人与人之间的情怀。

二十年前，扁担王村引来一个漂白粉厂，犁了一大块麦，占了一大块地，红火一时。

大家觉得便宜让别人占尽了，自己损失了土地损坏了庄稼短了收成。便不断有人出来闹事，事情闹得还不小。到村里不行，到乡里；到乡里没解决，又跑到县里。

通过这么一闹腾，村里乡里觉得压力大，派出工作组与村民代表左一轮右一轮谈判。最终，达成一致意见。

工作组的组长张乡长说，厂子刚刚生产，资金周转暂时紧张，依照发展前景分析，肯定是有钱可赚的。现在让厂里给各家各户打1000元欠条，等销路打开了效益提高了，再把欠条换成"老头票"，怎么样？

大家一合计，可以啊。只要腰里揣着欠条，就相当于手里捧着鹰，不见到现钱，我们就不放鹰。正所谓，不见兔子不撒鹰嘛。大家似乎都很精明，把现钱比作兔子，鹰在自己手里，还怕逮不住兔子。

厂子是标准的污染企业，而且相当严重。没过两年，在关停并转的大潮中，厂子被上面下来的一批人马查封了。

鸡飞了，蛋打了。厂长一夜之间，卷起铺盖走人。设备没有了，工人不见了，只留下寸土不生寸草不长的破旧厂房。

大家开始骂娘，说让孙子给骗了。有的将欠条撕了、烧了，有的让孩子们叠纸飞机放着玩了，有的干脆当擦屁股纸丢到茅坑里了。

只有王铁三是个例外。王铁三不仅将欠条完好无损地收着，还小心细致地装在一个牛皮信封里，放在里屋大衣柜的衣服底下。有人笑话王铁三，老三啊老三，还指望那孙子还钱？做白日梦去吧！他啊，不知跳哪河里喂王八去了。还有人讽刺王铁三，说老三就是那样的人，一分钱夹在裤裆里，走十里八里不会掉！大家哄哄大笑，如一群受了侵扰的苍蝇。

还别说，王铁三就是一个心眼太细的主。比如说，夏天打场，丢些麦粒儿芝麻粒儿是难免的，可是王铁三却顶着如火的烈日，愣在汗水里一粒一粒的捡。再比如，王铁三赶集，有车子不骑却推着走。赶了半年的集，车

流泪的花生米

子是新，只磨破了一双解放牌球鞋。

去年，村里搞竞选，两个在南方见过世面打工返乡的小伙子，为了村主任一职较上了劲。两个人走东家串西家，希望大家能支持自己一票。其中一个叫收成的小伙子拍着胸脯承诺，如果当选，解决大家提出的一切问题。

这时，就有人想起欠条的事儿。问收成你说的是不是真的？收成把胸脯拍得红一片青一片，大丈夫吐到地上的唾沫钉到板上的钉！大家就将那件陈年旧事，从记忆的泥水里提出来。反正，谁也没把那件事当回事儿，开开玩笑打打讪调剂调剂生活未尝不可。

选举结束公布票数，收成一马当先，顺利当选村主任。

一天，收成在村广播室通过大喇叭高喊，全村的老少爷们，请大家把漂白粉厂打的欠条，抓紧时间缴上来。他们欠我们的钱嘛，有希望了！

大家听得一愣一愣的，这小子真把那事当回事哩，真能把钱要回来？

一打听，才知道找到老厂长的儿子。老厂长尽管已经去了另一个世界，而老厂长的儿子多年来不是办这个厂就是办那个厂，有的是钱。人家儿子有言在先，既然是老子欠的账，连本带息一块还。不过，如果没有欠条，厂长肥头大耳的儿子手摇得风摆柳似的。

大家这回傻眼了，哪个王八羔子还能留着那玩意儿？有的开始翻箱倒柜，有的怨天怨地，有的还跑到茅房里扒拉，就是找不到那张四指长的条子。

王铁三却拿出来了。虽然纸条有点发黄，但是上面的黑字清晰可见。收成将手机转换成计算器一算，妈啊，连本带息万把块。

大家没拿到钱，便跟着起哄，一纸诉状告到法院。大家拿着王铁三欠条的复印件，指着点着给法官看，我们的条子跟这张条子一样一样的，字不差，纸不差，钱也不差。老厂长的儿子不认，法院讲证据更不认。

回来之后，大家将老厂房推倒，把碎砖断瓦拉回家。几个闲着无聊的壮劳力，还将通往厂子的路挖了，放上鱼。

村主任收成黑着脸。但他们干他们的，没人买他的账。

有一天，王铁三喊来收成，将一万块钱一把手捐给了村小学。

大家心里才算出一口气，觉得平了，这么一来扯平了。

王铁三走在村前的大路上，声似撞钟地喊，收成主任呢？收成主任在哪儿？

大家一哈腰，钻进路边的麦田里。回头一瞅，王铁三的腰杆还是那么直。

盲道行

梗概：盲道被占，在现实生活中司空见惯。谁来管管这个小事呢？退下来的老麻想管，并且身体力行。没想到的是，却牵动了社会的神经。

老麻一退下来，心里空落落的。

流泪的花生米

时间过得真慢啊，像蜗牛爬行一样。老麻反剪双手，来回踱步，常常痛苦地想。

老麻抽动越来越重的鼻翼，心事重重，再这样下去，非生大病不可。

有一天，老麻无意中发现，一个盲人在周元路的盲道上摸索着行走，走到停放在盲道上的一辆自行车时，连人带车摔了下来。盲人捂住摔疼的身体，痛苦地呻吟。自行车的后轮，却随着动作欢快地运转着。老麻心头一酸，觉得五味杂陈。

再一天，老麻在嵇康路上散步，同样看到另一个盲人，手执竹竿在盲道上行走。盲人走得十分谨慎格外小心，每走一步，都要用竹竿一一探路。可是，有一盆脏水，横在盲道上，盲人没有探索到。盲人一脚下去，一腿一身十分狼狈。

老麻十分气愤的同时，萌生一个念头，帮一帮这些可怜的盲人。

从此，每次看见有盲人在盲道上行走，老麻会赶紧走到盲人前头，将挡在盲人前面的障碍物一一清除。自行车、电瓶车、拖把、纸箱……，凡是老麻能做得到的，老麻都会竭尽全力，还盲人朋友一路顺畅。一天下来，老麻累啊，累得身子骨像散了架。

老麻想，这样下去，即使自己累死了，也解决不了根本问题。老麻又想，只有号召大家，自觉遵守交通规则，不要往盲道上放东西，才是上上策。

于是，老麻开始沿街宣传。老麻苦口婆心，劝说沿街商铺和住户，给盲人一个安全通道。老麻的动员，起到一定的作用。但是，仍起不到根本作用。

有一天，老麻又发现，一个盲人跌伤在盲道上。盲人的头上和脸上，布满了血迹。

老麻这才觉得一个人的力量是有限的，用有限的力量去做无限的工作，简直是杯水车薪。

老麻找到市里。市里的有些领导，多是老麻的老部下。有一些干部，还是老麻亲自培养亲自提拔的。老麻的意见，还是有力度的。市里的有关部门，牵头开展了一个关爱盲人活动。活动搞得声势浩大，轰轰烈烈。电视里进行连续报道，报纸上开始跟踪采访。

老麻读着报纸看着电视，心头涌起诸多的惬意。老麻想，自己做了一件十分有意义的事情。

可是，好景不长。活动之后，盲道上依然存有障碍，盲人时有摔倒和受到伤害的现象。

怎么办？老麻陷入无限的痛苦之中。

老麻痛定思痛，下定决心，非得解决此事不可！如果不解决，自己就不是老麻了。想当年，我老麻叱咤风云，根本就没有解决不了的问题。

一天，老麻戴一副墨镜，手执拐杖，出现在闹市街头。

老麻装作盲人，专门行走在盲道上。这就有些异样，因为老麻不是盲人。

老麻走到一辆车前，用拐杖使劲地敲打。那辆好车的身上，立马多出一些累累伤痕。车主跑过来，见是一个盲人，虽有怒气，不好发作，只有无奈地将车开得远远的。

老麻坚持不绕道不拐弯，坚持行走在盲道上，见到不按规矩停放的东西，老麻就喊就叫就骂。很快，不断有人将东西搬开挪走。

老麻在心里发笑，看来此法可行。

有一天，老麻行走在庄子大道的盲道上，碰到一件

流泪的花生米

怪事。一个酒晕子，醉倒在盲道上，任老麻怎么喊怎么叫，就是赶不走。那一刻，老麻感到奇耻大辱。

在一次全国文明城市的检查中，媒体关注了老麻。

老麻再次被请到电视里报纸上。

那不是麻市长吗？市民们擦亮眼睛。

市里的老部下们，觉得脸面没处搁。老麻的子孙们，更是反对。

无奈，老麻回到家中，憋在院子里，看天，看云，看蚂蚁啃骨头。

城市的经济在发展，城市的建设突飞猛进，相比之下，盲道上的问题，仅是个小问题。